让日常阅读成为砍向我们内心冰封大海的斧头。

单纯的真心

[韩] 赵海珍 著
梅雪 译

浙江人民出版社

图书在版编目（CIP）数据

单纯的真心 /（韩）赵海珍著；梅雪译 . — 杭州：浙江人民出版社，2022.12
ISBN 978-7-213-10817-4

Ⅰ. ①单… Ⅱ. ①赵… ②梅… Ⅲ. ①长篇小说—韩国—现代 Ⅳ. ① I312.645

中国版本图书馆 CIP 数据核字（2022）第 197416 号

著作权合同登记号：图字 11-2022-155 号

단순한 진심 (DAN-SUN-HAN JIN-SIM, SIMPLE HEART) by 조해진 (Haejin Cho, 赵海珍)
Copyright © 조해진 (Haejin Cho, 赵海珍), 2019
All rights reserved.
Originally published in Korea by Minumsa Publishing Co., Ltd., Seoul.
Haejin Cho c/o Minumsa Publishing Co., Ltd. through The Grayhawk Agency Ltd.
Simplified Chinese translation Copyright 2022 by Beijing Xiron Culture Group Co., Ltd.

This book is published with the support of the Literature Translation Institute of Korea (LTI Korea).

单纯的真心
DANCHUN DE ZHENXIN

[韩] 赵海珍 著　梅雪 译

出版发行	浙江人民出版社（杭州市体育场路 347 号 邮编 310006）
责任编辑	徐婷
责任校对	陈春
封面设计	刘珍雅（유진아） 沉清 Evechan
电脑制版	冉冉
印　　刷	三河市冀华印务有限公司
开　　本	880 毫米 × 1230 毫米　1/32
印　　张	7
字　　数	121 千字
版　　次	2022 年 12 月第 1 版
印　　次	2022 年 12 月第 1 次印刷
书　　号	ISBN 978-7-213-10817-4
定　　价	48.00 元

如发现印装质量问题，影响阅读，请与市场部联系调换。
质量投诉电话：010-82069336

1

我来自黑暗。

囿于"永恒"这一无形框架,时间停滞不前的黑暗,也许就是我的根源。我没有方向,不知要去往何方,独自在那里游荡。那时的我,是一粒圆实的种子,还是一缕细长绵延的稀薄烟雾?也许是一种即便一个小小的反作用力也会使其轻易坍塌或消散的多变物质,或是一股无形的能量。

我形成于黑暗,冲破黑暗而生,所以我没有父母,也没有记得我成形时的胎梦、记住我呱呱坠地时的啼哭声并讲给我听的父母的父母,亦没有用相机记录下我会爬、会坐、会站、会说话时的亲戚和邻居。另外,记录父母个人信息的户口本、记录我出生日期的出生证明,以及我出生医院开具的病历表等,我同样没有。我有的,是为使领养事宜顺利进行而加急开具的独立户籍证明、代理人领养同意书、国际预防接种证明、旅行许可证明、为养父母提供翻译及各种便利服务的协调费申请书,以及领养服务中介费——若身体有残障,还可以得到优惠,对我这样的健康儿童,费用是固定的——此类收据可能保存在韩国的领养机构或管理领养机构的政府下属机关里。

我也有过脐带吗?偶尔产生这样的疑问时,我就会下意识地把手放在肚子上,轻轻地抚摸肚脐周围。然而,肚脐只是亲生母亲留下的痕迹,连她的一根手指我都无法再现。毫无效力的证据、没有特性的符号、已封闭的通道……我不知道她的长相和给人的印象、体香和触感、说话时的语气和声音,也不清楚她微笑和哭泣时的表情、睡眠习惯和忌讳,今后也无从知晓。

对我来说,她是另一个黑暗。

今年六月,我又想起了久违的她。

那天,我躺在巴黎市内一家小型妇产科医院的病床上,目不转睛地盯着超声波仪器屏幕上出现的细微动作,盯得眼睛都疼了。画面上,推测为头部、躯干和四肢的几个团块连在一起,有机地蠕动着。一位自称朱维特的白发医生向我道贺，告诉我这个新生命在我身体内已经孕育快九周了。

医生说："知道吗？在短短二百八十天的时间里，受精卵会经历数十亿年的生命进化历程。单细胞受精卵通过不断分化，经过两栖类和爬行类动物，进化成哺乳动物，再进化为生物学意义上最为复杂的哺乳动物——人类。现在是第九周，再过三周左右，身体的各个器官（包括生殖器官）都会成形。总之，现在是泥土被捏制成人的阶段，得多加小心。"

就是这一瞬间我想起了她，虽然什么都想不起来但还是想了。这种"想"转而变成马上想要见到的渴望。这种有着陌生质感的渴望，竟然大而圆实，还很细腻。在这之前，我从未有过这种渴望，却依然想要了解她，想去寻找她，这让我不知所措。

走出医院，我没有直接回家，而是在附近的散步道走了一会儿。散着步，内心将两种可能的选择放在假想的天平两端，极力准确地拓展自己的思维。阳光透过头顶的树叶，像一张由光线织成的大网呈放射状洒落下来。我停下脚步，用力抬起头，仰望着随风摇曳的树叶。高大的林荫树成排矗立，一片片叶子紧密交织在一起，撑起一片绿色的凉荫，像是在保护我这个孕育着新生命的存在。树木伸向天空，天空的尽头应该连着宇宙。

宇宙……

"宇——宙——",我又用韩语轻念了一遍。那一刻,之前所有的困惑都消失不见,只有"宇宙"这个名字留在心间。这名字法国人读起来不是很难,而且,如果是拥抱万物的宇宙的话,可以说这与无形的黑暗在意义上相去甚远。没有必要烦恼。不,烦恼已经结束了。我身体里的小生命,用他成形不久的柔弱心脏促进着血液循环,不停地增加细胞数量,以奇迹般的速度经历着进化过程,我自然而然地给他起了"宇宙"这个名字。应该记住这一刻,我想。记住这一刻风的方向、树叶的颜色,以及瞬息万变的云的形状。等宇宙以后学会了语言,关于这一刻,我会给他讲一个长长的故事。从现在开始,我要记住宇宙的每一刻。我既是连接宇宙与世界的媒介,也是向世人告知其存在的使者,还是他成长过程的见证人。我不会放弃这些角色,也绝不会让宇宙陷入哪怕片刻关于黑暗的想象。那天,在散步道边的大树下,唯有这一点成了我生命中的确定因素。

在得知宇宙到来的那天,我又收到一封自称"曙瑛"的韩国女性发来的电子邮件。

傍晚时分，我回到公寓，像往常一样靠在沙发上打开笔记本电脑，登录电子邮箱，首先映入眼帘的是"曙瑛"这个名字。第一次收到曙瑛的邮件是在一周前。在第一封邮件中，她首先做了自我介绍：女，今年二十九岁，自大学攻读电影专业以来，跟朋友们一起制作过多部独立电影；现在正构思制作一部纪录片式电影，想以我为主人公，讲述一个被领养到法国的韩裔戏剧演员兼剧作家的故事。当时她这么写道：

一年前，我读到一篇采访娜娜女士的文章。那时，我偶然从在我们公寓一楼经营餐馆的老奶奶那里听说，她年轻时曾临时照顾过一个即将被送养到国外的孩子。这不禁让我回顾了一下人生：我的人生中似乎不存在"领养"和"被领养"这种概念。也许正因如此，娜娜女士的故事，一直萦绕在我的脑海里。我苦思冥想，一部关于娜娜女士的电影终于构思出来了。

通过走访娜娜女士被领养到法国之前在韩国生活的地方，在那里接触过的人，最终了解娜娜女士的曾用名"문주"的含义。我现在所构思的电影就是想记录这一寻找过程。您也知道，韩国人的名字里包含着以符号和发音难以推断的固有含义。因此，娜娜女士，今天在此慎重地征询您的意见，是否愿意和我一起在韩国制作一部电影？

当时，我认为这个提议一点都不现实。为了出演一部作品价值毫无保障的业余导演拍摄的电影，暂时放弃目前巴黎的生活去韩国，这就像一个注定会失败的游戏，看上去很不明智。虽然当时感觉十分可笑，但我还是经常想起那封邮件。几天后我给那位极有魄力的年轻女导演回了邮件，只写了一行字："您为什么偏偏对我这样一个被领养人的名字感兴趣呢？"她的第二封邮件应该是对这个问题的回答吧。

曙瑛所读到的，是我一年前接受的采访。当时韩国某民间团体专门为被领养到海外的韩裔人士举办了一场活动，我因此回到了阔别三十四年的韩国。据说，那次活动是在政府的资助下举办的，目的是为被领养人寻找在韩国的家人，并促成彼此见面。

在受邀的十五名被领养人中，我被采访，大概是因为在为期两周的活动进行到一半时，只有我还没找到家人吧。再加上和其他被领养人相比，我的韩语更流利些——我在法国也经常接触韩语，韩语的听说读写能力没有太大问题。在我小时候，亨利和丽莎给我买了些韩国制作的童话书和动漫DVD。后来随着年龄的增长，我有意识地在网上找韩国电视节目或电影来看。上大学时，我和同校建筑专业一个名叫基贤的韩国留学生参加了语言交流活动，互相学习了将近四年。当时基贤建议说，要想掌握高级韩语，就要懂汉字。于是，有一段时间，我还自学了从二手书店里买来的汉字教材。

八月第二周的星期二，在首尔光化门附近的一家咖啡厅二楼，我接受了约一个小时的采访。我尽可能详细地说明了被领养前后的情况。铁路、救我的火车司机、对他的印象和他的大概年龄、我被叫作"문주"时生活了一年的司机师傅家的氛围，以及我后来入住的孤儿院的名字……最后我从包里拿出三十四年前飞往法国时办理的、珍藏至今的一次性护照，翻开贴着照片的那一页给记者看。护照是在被领养前匆忙办理的，如果有人还记得我，我希望告诉那人关于我的所有信息，于是就带去了。正在认真敲击键盘的记者，突然抬起头看了看我，笑着说道：

"除了这些，想必您还有好多话要说吧……想请您谈一下法国的生活，以及久别故国再次回来的感受。"

我怔怔地望着记者。那位记者肯定猜不出我是抱着最后赌一把的心态接受的这次采访，这一点我明明知道，却依然有一股难以抑制的伤感瞬间涌上心头，也许这是一种近乎敌意的伤感。

采访结束后，记者称还有其他事情，先离开了咖啡厅。

那天，直到太阳下山，深夜降临，我一直静静地坐在咖啡厅里。玻璃窗外，光化门广场上的一顶顶帐篷也逐渐被黑夜晕染。在法国时看过相关新闻，所以我知道那些帐篷的存在，为的是不忘却一些人[1]。看到新闻的那天晚上，外面下起了雨，我洗了很长时间的热水澡，身上的寒气依然没有消退。想起那个晚上，我感到更加孤独了。一个从遇难船上幸存下来，却无人前来营救，只能四处漂泊的人，不知从何时起开始演绎我的孤独。把某一情景装饰成舞台，把我的孤独转移给那个想象中的演员，这已是我长久以来的一个习惯。我很喜欢那种被转移的孤独既属于我，但又不属于我，从而无须深陷其中的感觉。

杂志上刊登的那篇采访报道，我只读过一遍。是在收到邮寄的杂志后读的，而且在我离开韩国之前杂志就已出刊。不出所料，比起我被领养前的信息，杂志侧重介绍了我现在的生活状况，共有三页。当时，我刚获得法国某文化财团授予的戏剧奖，这段履历也被大篇幅报道，而我拜托刊登的护照照片并不

---

[1] 指"世越号"沉船事件遇难者。——本书注释均为译者注。

在版面上。看到自己在光化门咖啡厅里拍的照片，我感觉不可能会有人认出我就是那个被遗弃在铁路上、曾被叫作"문주"的孩子。我最后所押的赌注，只是为了找到给我起"문주"这个名字的人，以及我的亲生母亲，而迄今为止他们未曾联系过我。

我凝视电脑屏幕许久，选中曙瑛的邮件，按下了删除键。我不认识曙瑛，也不了解她思考"문주"的时间，也就是她某天偶然间看到时事杂志上刊登的关于我的访谈报道，于是发挥想象，构思出一部电影的时间。那时间的形质与密度，对我来说都属于未知的领域。

我本想关上电脑，手却没有动。"不必太过敏感。"我对自己说。等看完曙瑛的回复后，再永久删除也无妨。于是我再次登录邮箱，恢复了刚刚删除的邮件，慢慢地读起她写的每一句话。

现在偶尔也会想，如果那时我没有恢复曙瑛的邮件，也没有参与曙瑛策划的电影，那么我的生活，就不会跟在韩国认识的任何人有交集。而那样的生活，就像缺少了最重要一页的书籍一样，尤比空虚，简直无法想象……无论现在过着怎样的生活，我都无法再回到遇见他们之前的过去了。

◇

"因为名字是家。"

曙瑛的第二封邮件是这样开始的。

"名字是我们的认同感和存在感居住的家。在这里,一切都被遗忘得太快,我相信哪怕只记住一个名字,也是对消逝的世界的一种敬意。"

"认同感""存在感""家""敬意"……曙瑛选择的词汇一下子便吸引住了我。不,"吸引"这个表达还不够恰当,那些词语正是我的人生所殷切期盼的。我不自觉地在沙发上坐直,聚精会神地读起邮件来。

曙瑛的策划似乎已有很大进展。电影的梗概已经构思好,连续镜头的顺序也已排好,制作人员亦已确定,而且已经跟在影视专业方面小有名气的母校打好了招呼,可以借到最新型的摄像机和镜头。虽然不能为我提供机票,片酬也不丰厚,但在拍摄的两三个月里,曙瑛可以为我解决住宿问题,她还附上了几张照片。我打开附件里的图片,小巧的客厅、卧室,以及窗外风景的照片,一一呈现在电脑屏幕上。曙瑛接着写道:"其实这是我自己住的房子,虽然不太高档,但一个人住没什么大问题,而且晚上还可以欣赏到灯火通明的南山塔。"

在我静静查看那些照片的时候,脑海中依稀浮现出对我来说相当于托管家庭[1]的司机师傅的家。那个家在一个胡同里,是一处老式韩屋。一到下雨天,渗透到每个角落里的木头的香味,像薄荷香一样扑鼻而来。在那个家里,下雨也就意味着可以吃到一种褐紫色的扁平饺子状食物。尽管司机师傅的母亲平时一看见我就会不断咂舌,但当我们并排坐在开阔的地板上,听着雨声分享那种饺子状食物时,我会感觉她就像亲奶奶一样和蔼可亲。我已经记不清那种食物的名称了,只记得是在面团里放入磨碎的红豆,用油煎炸后,在上面轻撒些白糖制作而成。连名字都不记得了,我离开韩国后再也没有见过,但从几天前起,这个味道却开始在舌尖萦绕。如果能吃到这种在法国无法找到的食物,那么时时刻刻折磨我的恶心症状似乎马上就能缓解。当然我知道,只是为了吃一种食物而在怀孕初期长时间飞行,是一种不合常理的选择。我也知道,医生说过,这期间凡事都要小心。那时候我应该删除曙瑛的邮件,或是回信婉言谢绝,

---

[1] 接受委托,负责照顾在一定时间内需要保护的孩子的家庭。

但我没有这么做。我想起以前在介绍韩国文化的宣传册里读到的内容——在韩国，许多孕妇会回娘家待一段时间来补充营养待产——内心开始有些动摇。最重要的是，通过曙瑛的电影，说不定可以找到司机师傅和他的母亲！我明知道这种可能性很小，但期待感还是战胜了所有消极想法。那种期待也是一种希望：如果知道了"문주"的含义，稍微了解了我的起源，我就可以更加光明正大地迎接宇宙了。

那个司机师傅就是在铁路上把我救下的人。

更准确地说，是他紧急刹车，这才救下了差点被火车撞到的我。不知出于什么原因，他并没有把这个在车前因恐惧而号啕大哭、身份不明的小女孩直接送到警察局或孤儿院，而是带回了他与母亲一起生活的家里，给她起了"문주"这个名字，把她保护起来。如果按曙瑛所说，名字是"家"的话，那么可以说我在"문주"那个家里居住了将近一年的时间。"문주"这个名字并无文件记录，也未在政府部门备案，只有司机师傅、他母亲，以及几个邻居这么叫过。而在我进了孤儿院之后，这个名字也就自然消失了。虽然无从知晓我生命的恩人——那个

曾一度保护过我的人，为何给我起"문주"这个名字，但我知道这名字显然满怀善意。这是理所当然的，因为他是唯一在吃饭时抚摸着我的头，对我说"一定要多吃点"的大人。他还经常给我买软饼干；当他母亲催促"赶紧把那个丫头送走"时，他会一把抱起我放到背上，背着我出门，到附近散步。长久以来，我都没有尝试去找他。软饼干的白糖味道、柔软的手掌、硬实的脊骨的触感，还有凝视着我、叫我"문주呀"时在耳边掀起小波动的中低嗓音……仅凭这些琐碎的感觉，是无法找到一个人的。我那时只有三四岁——是保健所医生根据我的成长状态推断出来的年龄，未必准确——还没有聪明到为了未来的重逢，可以提前记下他的名字或那幢韩屋的地址。就连一年前曾邀请我到韩国，对被领养到海外的人士非常友好的民间团体工作人员都没能帮到我。去寻找一个连名字、年龄、身份证号码都不知道的并非家人的人，对他们来说也有点力不从心。因为找不到他，所以也就无从知道"문주"这个无记录信息的名字的含义了。

门柱。

有一段时间，我曾退而求其次，把希望寄托在"门柱"这样一个事物上。上大学时，有一天，和我做语言交流、互相学习的基贤告诉我，《标准国语大词典》里有"문주"的释义，于

是我决定相信词典对"문주"的定义。那天，我盯着基贤的词典，把"문주"词条里的解释读了一遍又一遍——门柱：插在门扇两侧，用于固定门的柱子。其实，那天我很开心。虽然我知道很少有人会把词典里出现的词汇用作名字，但"门柱"对韩国人来说是非常熟悉的单词，这点我很喜欢。而且，"门柱"给人的陌生感也颇有魅力，这点也让我不胜欢喜。门柱，这个既是支撑屋顶的根基，又是建筑物重量中心的事物，就如同我从未见过的遥远国度里的遗迹一般。

"문주""门柱"……我反复默念，内心有种得到慰藉的感觉。

然而，不确定的假设无法持续发挥慰藉的作用。我越试图依靠它，我的门柱就摇晃得越厉害，然后一点点地碎掉，渐渐模糊，变得透明。在我领悟到相信某个不确定的信息，反而会带来更大的失望后，每当我感到痛苦或混乱时，像念咒语一样反复默念"문주"和"门柱"的习惯也随之消失。慰藉的有效期结束，遗迹也随之封存。

有时朋友们也会问，为什么对以前的临时名字那么执着。对于这个问题，每次我只能给出同样的回答——"문주"是我的起源。在我被叫作"문주"之前，也就是我在铁路上被发现之前的生活，只是黑暗的延长，因此，我完全没有那个时期的

记忆。不记得三四岁之前的事情，可能是成长过程中的自然现象。大学时期遇到的心理咨询师认为，也可能是因为在铁路上受到了冲击。因为没有记忆，那时的名字——当然亲生母亲也可能把取名这种小辛苦都省略了——已经被埋藏于遗忘的领域。可以说，自我以"문주"的身份开始生活的那一刻起，我才算拥有了自己的感觉和记忆，成为一个完整的存在，了解了甜味与苦味，遇到喜欢的东西知道说喜欢，感受到无聊、委屈和抱歉的情感。所有有关"第一次"的记忆——第一次开口讲的话，第一次去餐厅和理发店的情景，第一次笑和第一次哭的原因，第一次明白"被抛弃"的含义的那一瞬间，这些都属于我是"문주"的那些日子。只有了解了"문주"的含义，我的历史才能被开启。

在一年前接受采访时，我如此说道。

如果不能找出"문주"的含义，那么失败将是电影的结局。

这是曙瑛邮件的最后一句话。真奇怪。从电脑系统编制的标准文字里，我听到一个淡然的声音，好像在说"漫漫人生中，冲动一次也未尝不可"。那一瞬间，我动摇的内心完全倾向了另一边。于是我想，就把电影拍摄当成一次休假，不去担心成败，吃着饺子状的点心安心养两三个月的胎。我甚至还想到，曙瑛的提议对我来说，并非一种过分的请求，反而是送上门的幸运。

我给曙瑛回了信。

从第二天起，我开始做出国准备。去拜访了朱维特博士，获准在怀孕十二周后长途飞行，医生还建议我，尽量在第二十七周之前回国待产。然后我加入了可以在韩国医院使用的跨国保险，更新了签证，还把公寓以代缴管理费的条件，借给一个演员后辈。在我告知剧院总导演我想暂停一年演出活动的那天，回家的电车上，我给丽莎打了电话。从五年前开始，丽莎独自居住在法国南部地中海沿岸的城市蒙彼利埃，那里是亨利的故乡。那天我只告诉丽莎我打算去趟韩国，并没有提到她即将成为宇宙的外婆。亨利去世后，我和丽莎变得连聊一些私事都会觉得很尴尬。虽然亨利健在时，我们的关系也不是特别亲密，但是亨利的缺席，让我们对于其他层面的感情，即活着的人之间彼此关照、分享烦恼这种事情产生了无言的负罪感。而且，我知道丽莎缺失什么。如果宇宙的存在，会让她体会到那种缺失的话，哪怕只是一瞬间，我都没办法忍受。"我相信你。"丽莎在电话那头说。她经常这么说，"我担心你""我爱你""我的女儿",丽莎从不这么直白地表达。我们又聊了聊骤然变热的天气,蒙彼利埃的几个剧场里即将举办的戈达尔回顾展,然后说笑着挂了电话。

一个月后,我登上了飞往韩国的飞机,和已经有十四周的宇宙一起,打着寻找"문주"含义的名号,内心深处却隐藏着无论电影成败都和我无关的不负责任的想法。

时隔一年,开启了意外的归乡之旅。

2

意外的归乡,只能如此表达。

因为一年前,我和来自世界各地的韩裔被领养人一起在韩国逗留了十天,在返回法国时,我就决定再也不来韩国了。这不仅是因为当其他被领养人通过照片、文件或信件等线索与亲生父母和兄弟姐妹见面时,只有我独自留在住处看着电视或喝着啤酒打发时间,还因为那时的我,陷入比在法国时纯度更高的孤独中——是一种已超出了我的承受能力,如同心圆般无限扩大的孤独。

在法国时,我以为只要去了韩国,我的一部分就可以得到补偿。

我承认亨利和丽莎是很棒的父母。我运气很好,被领养到最合适的家庭,然而我的身份认同感问题,就如同一棵被移植的树木，总会以某种方式呈现出来。比如，我从未像个孩子似的缠着亨利和丽莎索要过什么东西，诸如昂贵的学习用品、汽车旅行、热闹的生日聚会；即便是身体有积食或感冒的症状，我也会乖乖躺在床上，假装睡着；即使受到同班男同学带有种族歧视的性骚扰，我也不会去找人倾诉；外出就餐时，为了挑选比亨利和丽莎的更便宜的食物，我总是仔细查看菜单；为了不让他们被老师叫到学校，给他们添麻烦，我遵守学校所有纪律。我想要的补偿，其实并不是什么奢侈的东西：可以真实流露出那一瞬间的情感；可以直接表达出不喜欢或不满的情绪而无须看别人脸色；可以不用掩饰伤心去询问为什么抛弃我，又为什么没有寻找我……假如能见到亲生母亲或司机师傅，我想做的就是这些。这就是全部。

都是妄想。

这就是明知关于亲生母亲和司机师傅的信息全无或不够，却依然满怀期待所付出的代价。在承认与他们的相遇变得遥不可及之后，我陷入更深的孤独中，孤独的尽头是无助。我既没有去观光或购物，也没有参加主办方举办的制作、分享韩国美食的活动。民间团体工作人员开始对我特别照顾，在我看来，他们的这种担心和关怀，更像是韩国人对海外被领养人特有的一种令人不适的怜悯，于是我更加畏缩起来。如果是这种怜悯的话，感觉仅是做解释就会消耗掉整个人生。在活动快结束时，我几乎一整天都待在住处。午夜时分，走出住处，走在大街上，看着城市的灯光一个个熄灭，这是我当时唯一的乐趣。我喜欢首尔这个"光之城"像打烊一样逐渐黑暗的瞬间。不，我那时屏息守望的可能不是完全的黑暗，而是从便利店、二十四小时营业的餐厅和闪烁的红绿灯那里发出来的不灭的光芒。夜再深，也总会有那么几栋大厦亮着几盏灯，一眼望去，就像个被套上了满是窟窿的黑色帐篷的发光生物体一样。楼顶的广告屏幕中，播放着美女的特写镜头，她们在无声中绽放如花的笑靥。静谧的灯光在窃窃私语，仿佛在跟我搭话，为了倾听它们的低语，每到午夜时分，我总会偷偷走出住处，漫无目的地徘徊在街头。

虽然我没有通过那次活动找到亲人，不过一直记着那时认识的两个被领养人。

一个是和我同住一个房间的丹麦籍女孩秀智。一天，我像往常一样，晚上散完步于凌晨时分回到住处，却发现秀智的床是空的。浴室里传来水流声，我以为她临时出门忘了关水龙头，下意识地打开浴室门，然后惊讶地发现，秀智正穿戴整齐地坐在已有半缸水的浴缸里。她刚满二十岁，是十五名被收养者中年龄最小的，性格十分活泼。来韩国后，她很快就找到了家人，认亲后她几乎每天都跟妈妈和姐姐们见面。我问她发生了什么事，她这才抬起头来。可能是水太凉了，她嘴唇发青。我关掉水龙头，给她拿来毛巾和浴袍。过了一会儿，她披着浴袍从浴室里走出来，我小心翼翼地扶着她躺到床上，她一躺下就转过身去，面对着墙娓娓道来。她说自己见到了家人，但其实并不开心，只是假装开心而已，感觉一切都是假的……

"我们一起吃饭一起逛街，我的灵魂却在不知不觉间跟她们分离，冷眼观看在这部以'亲人团聚'为主题的戏剧中进行表演的她们，以及夹在其中的我。总是这样。这并非我所思念的家人。实际上，我以为她们很穷，穷到悲惨的地步。然而见面后发现，她们有房有车，两个姐姐都上过大学，妈妈甚至还养着一条上了年纪的狗。真是无耻！我又没求她把我生下来，生下来后又未经我同意就把我送到遥远的外国，竟还若无其事地养了条狗……她们肯定不知道，我每天都想着用刀子捅她们几十次，践踏她们的尸体，然后抛尸荒野！"

那天，秀智一直抽泣，直到入睡。我在一旁守着，不时抚摸一下她抽动的背。直到天亮她才睡着，像个孩子似的缩成一团，不知道是不是做了噩梦，睡觉时紧皱着眉头，轻轻喘着气。我低头注视她良久。

另一个被领养人是美国籍的史蒂夫。他于二十世纪七十年代后期被领养到美国，比我大十岁左右，韩语只会说几句简单的问候语。个子虽然不高，但肩膀壮实，眼睛炯炯有神，会让人联想到退役的拳击手，不过他其实是个厨师。离开韩国的前一天，我们在住处附近的酒吧里举办了派对，我和史蒂夫并排坐在桌子的最边上。当时在座的被领养人中，没和家人团聚的只有我和史蒂夫。我是因为没找到家人，而史蒂夫是拒绝了与家人团聚。我和他默默地喝着酒，心不在焉地听着其他被领养人喋喋不休地聊着团聚的家人和来韩观光的体会。在聚会快要结束时，史蒂夫用英语问我父母是否在国外。这时就听到坐在桌子中间、同样被领养到美国、和我年龄相仿的埃兹涅大声嚷嚷着被领养是上帝给予自己的最好机会。"不是。"我笑着淡然地回答。"那么，他们在监狱里？""也不是。""难道他们已经死了？""我没确认过，其实我对他们一无所知。"就在我们沉默的间隙，又传来埃兹涅的声音，她高喊着如果亲生父母没把自己送走，现在的她也不会成为一名律师。接着就听到有人表示同意，也有人提出异议。一阵小骚动过后，史蒂夫才开口道：

"我七岁时,被领养到美国明尼苏达州的一个乡村。经过二十多小时的漫长旅程抵达那个家时,发现那里已经有三个继兄弟了。他们也都是被领养来的男孩子,故乡和人种都不尽相同。后来才知道,养父母是为了有种植玉米的劳动力、获得税金减免,才盲目领养孩子的。真是太混账了!一满十八岁我就逃到了城里,为了生活,从打扫建筑到去码头装卸货物,我什么活儿都干过。妈妈——他说了韩语'엄마(umma)'——我虽然很想她,但不知道她的身份证号和地址,也就无从找起,那时也没有经济能力,就这样过了很多年。如今到了这个年纪,几乎都要放弃寻亲了,直到去年我有了孩子。看着孩子,我又有了寻找妈妈的想法,所以参加了这次活动。这次来韩国好不容易找到了妈妈的下落,可是,我的天!竟听说她住在南部城市的一个流浪者收容所里。更糟糕的是,因为她患有精神疾病,根本不记得自己还生了个儿子。四十年后终于找到了妈妈,却没有去看她。我要寻找的妈妈,可能不是生物学意义上的,而是可以跟我道歉说对不起的、情感意义上的妈妈。不,也许我想见的是更深层意义上的妈妈。也就是说,是对抛弃孩子这件事感到羞耻,流着眼泪向我请求原谅的妈妈。我妈妈快要死了,除了我她没有其他孩子,也没有父母和丈夫,可能会孤零零地死去。现在我谁都无法原谅,永远。"

说完这长长的故事，史蒂夫将杯中剩下的啤酒一饮而尽，望着空杯，他低声补充道：

"You're lucky.（你很幸运。）"

3

韩国时间早上九点，办完入境手续，走出出口，我看到举着写有"문주"牌子的两个人。我双手各拉一只行李箱走到她们面前，肩上扛着摄像机的女孩轻轻拥抱了我。她就是曙瑛。

曙瑛介绍说，和她一起来的女孩是艺术学院同系的学妹，今年年初刚大学毕业，正在准备考研究生。不过这个留着短发，个子不高，穿搭风格极为中性的学妹，不像成年人，更像是个刚进入青春期的少年。也许是因为站在身穿凸显身材的连衣裙、长发飘飘的曙瑛旁边，学妹的少年形象被衬托得更为明显。学妹名叫小栗。曙瑛的"曙"代表清晨，"瑛"意指"水晶"，合起来意思就是"清晨的水晶"。小栗的名字是大小的"小"，栗树的"栗"，用一句话来表示就是"像小栗树一样的人"。坐在机场抵达大厅的长椅上，当我问到她们名字的含义时，她们笑着如是回答。为了记住名字的意思,我反复轻念了几遍"清晨的水晶""小栗树",又记在手机记事本里。曙瑛静静地看着我,像是突然想起了什么,特意用明朗的语气告诉我一些事情:虽然这是第一次拍摄纪录片形式的电影,但从上大学以来,她和小栗已经一起完成了五部短片,去年冬天刚完成的作品还获得了国家机构提供的制作经费资助,并受邀参加了国内电影节。说到这里她一脸自豪。但遗憾的是,至今也没能拍出一部正式在影院上映或售出版权获得收益的电影。说着,她又一脸沮丧。

"所以一直是钱的问题。"

说完,曙瑛不好意思地笑了。

曙瑛接着说,总是因为资金问题,所以制作电影时没有使用过美术布景、电脑图像处理技术,以及需购买版权的音乐,固定演员和工作人员也一直维持最少人数。我们将一起拍摄的这部电影,情况也差不多,固定演员只有我一人,工作人员包括导演曙瑛在内,一共三个人。另外一个工作人员,没有来接机,是曙瑛的男朋友(年龄不小了,才服完兵役),也是她电影系的同学。她还笑着说,拍摄开始后,她男朋友会穿着破旧的运动服出现,提醒我不要被吓到。我能感觉到曙瑛在看我的眼色,可以看出,她是在担心我会对简陋的拍摄条件感到失望。

但我并没有失望,反而对这一切很熟悉,因为亨利也一直在这种恶劣的环境下拍摄电影。曙瑛和小栗一开始并不知道我养父是电影导演,所以当我谈到亨利时,她们显然掩饰不住内心的惊讶,而且对亨利的电影还很感兴趣,希望以后有机会可以一起欣赏。虽然知道她们的请求非常真诚,但我并没有马上给出确切的答复。我不敢轻易期待我们三人在桌上摆上啤酒佳肴、一起观看亨利的电影的情景,如果她们不理解或不喜欢,我肯定会很失望,而且很显然这种失望以后我会反复回味。

"对了。你之前说你的汉字名字是'门柱'吧?"

曙瑛转移话题问道,我猜她应该是在确认一年前我接受采访时说的话,于是点了点头。她拿出手机,查找了一会儿,把手机递给我。屏幕上是词典里"문주"一词的释义。

"查了一下,'문주'除了'门柱'之外,还有'灰尘'的意思。据说这是韩国东北地区的方言。"

我接过曙瑛的手机,凝视着屏幕。周围逐渐暗了下来,机场的噪声也越来越远,我们就像被吸入了一条长长的隧道里。隐约看见曙瑛连忙打开摄像机拍摄,应该是电影需要的场景。摄像机上的红色"on"标识起初让我感到有些不适,但很快那种不适感就钝化了。我的眼里,只看到两个字——"灰尘"。

◇

灰尘。

乘坐机场铁路去首尔的途中,满脑子想的都是"灰尘"。坐在我右边的曙瑛,正专心看着在机场抵达大厅长椅上时拍的视频,坐在左边的小栗可能太累了,一直在打瞌睡。

微小而无用的物质,为了清洁而必须清除的东西,所有生命体在消失之前的最终存在形态。我反复思考着"灰尘"的含义,越想越觉得灰尘才是"문주"的真正意思。一直以来,我都居无定所,即使一阵微风,也会让我四处飘浮。每当假定自己从未出生时,我也经常会联想到在世界的各个角落里轻舞飞扬的灰尘。这么一想,一股强烈的背叛感顿时油然而生。也许那位司机师傅和我印象中的并不相符,他其实可能是个残酷之人。也许他认为被扔在铁路上的孩子,本就应该从这世界上消失,不留任何痕迹。如果确实如此,那么起"문주"这个名字并非出于善意,而是充满了无视和嘲笑。望着对面的车窗,窗外流逝的风景,应该是仁川和首尔之间的清新夏日,但在我眼里,它却如同濒临灭亡的城市景象,到处弥漫着灰蒙蒙的有害灰尘。

"很热吧?"

刚从睡梦中醒来的小栗问道，递给我一块手帕，我应该是出了一身冷汗。低头看着被叠得方方正正的格子手帕，我心底瞬间萌生出一种欲望，想对她倾诉一切。想对她说，其实我怀孕了，现在组成我的最大成分不是灰尘，而是宇宙。还想对她说，我怕因为我的不成熟，宇宙会发生什么不好的事。所以，在我最需要的时候，能不能帮帮我。

但我不能这么做。

我不想依靠曙瑛和小栗，毕竟才刚见面，她们甚至比我还要小十多岁，而且，我也没有可以依靠她们的名分。只是为了拍好一部电影，她们要承受的已经够多了，我没有理由再让她们考虑我的状态和健康。等电影拍摄一结束，我就会离开曙瑛的家，按照医生的建议，在孕期的第二十七周前回法国待产。在此期间我的肚子会越来越大，体形会发生变化，我的心情也时刻会以无法预料的方式起伏不定。即便如此，我依然会一如既往地独自面对，而且，应该独自面对。

在绿莎坪站下车后，为了照顾已经疲惫不堪的我，曙瑛和小栗每人帮我拉了个行李箱。走出绿莎坪站，外面有个被高墙环绕的美军基地，一排排枝叶茂盛的法国梧桐矗立两旁。曙瑛介绍说，她的家位于绿莎坪站和梨泰院站之间，通常在绿莎坪站下车后乘坐小巴回家，今天是我第一天到，所以带我走上去，顺便熟悉一下地形，不过以后最好还是乘坐小巴，因为路很陡。

上坡路开始了。正如曙瑛所说，上坡路非常陡峭，路两边林立着一座座充满历史感的房子。特别的是，在这种普通的住宅区里居然有很多装修精致的西餐厅、酒吧和咖啡厅。每家店门都大敞着，里面大多是一些年轻的女性，她们一边喝着饮品，一边或聊天或看手机或盯着笔记本电脑。一个过去和现在、衰落和年轻、日常和享乐的融合之地——这是那段上坡路给我留下的深刻印象。曙瑛说，以前这边的物价非常低廉，上大学后她就一直住在这里，没想到十年间这里竟成了首尔最热门的地段。曙瑛还吐槽说，正因如此，房租也随之飞涨，租赁期满后，她应该会搬离这里。她露出一副决然的表情，突然提高嗓门说道："这大开发到底是为了谁？！"我没有接话，转头问小栗这地方叫什么名字。

"这地方叫梨泰院，龙山区梨泰院洞。其实曙瑛姐家这附近常常被叫作'解放村'，但解放村并不是正式名称。韩国解放之后，这里就聚集了从外国回来或从朝鲜越境过来的人，所以才会被叫作解放村，可以说是一种别称。"

"那龙山和梨泰院有什么含义呢?"

"这……"

对于"龙山"和"梨泰院"的意思,小栗好像从来没有想过,她挠了挠头,马上拿出手机,查找了好一会儿才作答。

"是因为地势,它的形状看起来像条龙,所以被叫作'龙山'。"

"那梨泰院呢?梨泰院的名字是怎么来的?"我追问。

曙瑛在旁边插话道:

"据说梨泰院的名称有两种由来。一种说,这里有个叫'梨泰院'的驿站,当时的名字一直流传至今。这驿站的名字之所以被叫'梨泰',是因为这附近有一个很大的梨园。还有一种说法,朝鲜时代每当经历战争,在战乱中被强暴的女性就会聚集到此,在这里生下孩子,一起生活。大家都叫她们为'异他人',梨泰院这名字就是从'异他人'一词演变而来。"

"感觉第二种说法更有道理。梨泰院附近有美军驻扎,还有很多外国人,也有很多无家可归的人,同性恋酒吧和穆斯林餐厅也不少呢!"

我静静地听着曙瑛和小栗的对话。不一会儿,我们继续爬坡。落在后面的小栗快步跟上,低声告诉我"朝鲜"是一个历史王朝的名字,"驿站"则指古代骑马赶路的人住宿的旅馆。说这话时她压低了声音,仿佛这是一个很大的秘密。我勉强笑了

031

笑，表示明白了。对我来说，"朝鲜""驿站"这些词就如同元素周期表上的元素名称或很难拼写的行星名，只不过是一些"擦肩而过"的词语而已。"异他人"生活的区域，只有这一点给我留下了深刻的印象。

沿着上坡路走了二十多分钟，终于到达目的地。曙瑛家所在的公寓楼外观看起来有些破旧，但因为整栋楼在较高的位置，所以视野非常开阔，放眼望去，我们走上来的路尽收眼底。这是一栋三层红砖小楼，一楼是一家餐馆。

我走到餐馆门前，默默地抬头望着白底绿字的牌匾，上面写着"福禧餐馆"四个字。牌匾四角凹陷，字迹有些褪色，似乎自从挂上去之后就一直保持原样，从未修理或打扫过。因为没有照明设备，很显然，天一黑，它连牌匾最起码的作用都发挥不了。不经意间向里一瞥，发现里面一个客人都没有。只有一位看起来是餐馆主人的老太太，坐在空荡荡的餐桌前，抬头盯着笨重的旧式电视机。

自看到老太太那一刻起，我的视线就无法从她身上移开。她应该就是曙瑛在电子邮件中提到的老太太，曾照顾过一个即将被领养的孩子。在机场，曙瑛跟我说，她在给儿童福利协会工作人员指路时，了解到老太太有过这样一段经历，但她从未和老太太聊过这个话题。后来看到我的采访报道后，她才问起那个孩子的事情，结果老太太脸色突变，冷冰冰地回答："不要随意揣测别人的事！"那天以后，曙瑛就再也没去那家餐馆吃过饭。

此刻，老太太微微张着嘴，套在T恤上的花纹围裙显得十分寒酸。一只苍蝇发出烦人的声音，盘旋在她周围，她却纹丝不动，像一尊用模子刻出来的雕像一样。她的那种神情，是我最害怕的老年人的样子——已习以为常的孤独感和对这个世界的冰冷愤怒，而这一切都如实呈现在她佝偻的身体和暗淡的脸上。我马上转过头来，不想由别人联想到自己终究会被这世界抛弃的未来。"'福禧'，会是这个老太太的名字吗？可能吧。福禧，一个孤独的胖老太太所居住的家，刻在牌匾上的名字。"我用运动鞋的鞋尖轻轻敲击着地面，心里这么默念着。

◇

要去曙瑛住的三楼，首先需要从相当于出入门的铁窗样小侧门进去，然后走上建在外面的小楼梯。因为台阶很窄，我们三个要排着队上去。我边走边想，虽然有栏杆，但天黑时要格外小心。十四周，宇宙的身体虽然可能已经成形了，但骨头还比较软，血液也没那么浓。他的各个器官应该还比较脆弱，皮肤也只是一层薄薄的黏膜。现在的宇宙就像一个还没有变硬的泥团,他需要绝对的保护,而我是他唯一的保护者。

爬了二十七级台阶,到了三楼,进入曙瑛的家之前,需要通过两道玄关门,所以需要记住两个电子锁的密码。外面的玄关门两家共用,里面的玄关门中位于右侧的与曙瑛的家相连。曙瑛把身体向外一斜,打开电子密码锁的外盖,按下了四位数字的密码,我在一旁留心观察着这一幕。

里面的玄关门被打开的瞬间,一个如同精灵之家的雅致空间映入眼帘。曙瑛说这个房子原来是一个单间,后来安装了个推拉门,把客厅和卧室分开了。我脱下鞋,走进去刚放下行李,曙瑛就拉起我的手,带我参观了一下厨房和卫生间,然后不停地把各种餐具和调料瓶的位置,咖啡机、吐司机和洗衣机的使用方法,还有沐浴器的水压和水温调节方法等一一做了说明。她又把我带到推拉门里面的房间,一张没有床架的床垫、一个深褐色的衣柜、一个书架和一张桌子,还有相框、钟表和几件装饰品依次映入眼帘。紧接着进入视野的,是采光良好的窗户、粗布制的米色百叶窗、日光灯以及小台灯。

等她介绍完,我终于问出了一个一直很好奇的问题。

"那曙瑛你睡哪里?"

我们早就约定好了,在拍摄电影的两个多月时间里,曙瑛会为我免费提供自己住的房子……在巴黎时我没想到，曙瑛善意的前提是自己的不便和牺牲。

曙瑛表示不用担心，毕竟首尔有很多桑拿房那样相对廉价的住处，而且小栗等一众好友都是租房住，即使每家睡一天，也能凑个十天。实在没地方去，也可以去男朋友家。曙瑛说那里是她最后的堡垒。因为男朋友现在还寄居在父母屋檐下，所以要偷偷地进进出出，但也不是完全没有经验。曙瑛说着露出欢快的笑容。这时，从与客厅相连的厨房里飘来了唤醒饥饿感的香味，曙瑛和我同时转过头来。只见小栗正忙着准备吐司、炒蛋和咖啡。小栗的动作麻利而娴熟，感觉她在曙瑛家应该没少做饭。

我们面对面坐在客厅的小桌边，吃完了早已过点的早饭。曙瑛和小栗随即站了起来。她们说第一次拍摄是两天后，让我今天好好休息一下，还说想要克服时差，一定要好好睡一觉。出门前，曙瑛递给我一张纸，是一幅简图，上面画着附近的超市、洗衣店和她常去的餐馆。简图上还用大大的字写着玄关门的密码。

◇

那是一股剧烈的疼痛。

我感觉自己的腰部和肚子被撕得粉碎,大腿内侧传来一股灼热的疼痛感,周围没有任何人。黑暗中,我独自躺在孤零零的铁制床上。"用力,再用力,再用力!"黑暗中传来了就像经设备变声后的中性声音。而我能依靠的,也只有那个声音。我用尽全身气力扭动着身体,脖子和手臂上都暴出了青筋。突然某一瞬间,我听到了孩子的啼哭声,感觉下面变得空荡荡的。在强烈的疼痛中,恍惚间我想到:"原来是宇宙啊!"不由得扬起了嘴角。这时,从黑暗中突然伸出一双苍白的手,在我旁边放了件层层卷起来的小毯子。我用手背随意捋了捋被汗水浸湿的头发,然后把手指伸进毯子里,小心翼翼地掀开一条缝。

毯子里竟是空的!

那一瞬间,我像弹簧一样从床上跳了起来,疯了似的掀开层层包裹的毯子,但里面都没有宇宙。极度的失落感,让我感觉血液和内脏仿佛结了冰一样寒冷,牙齿碰得咯咯响,皮下火辣辣地痛。我没能守住宇宙,再次成了一个人,这就是我要面对的现实。我再也忍不住了,伸着脖子放声痛哭起来,嘴巴大张,身体激烈地抖动着。我哭了又哭,哭得比任何时候都要哀恸。

好不容易从梦中醒来,依然感觉很冷,身体像是患了恶寒一样,一直微微抖个不停。我向上拉了拉被我踢到脚边的被子,拉到脖子处。好像睡了很长时间,当我醒来时,黑暗不知何时已悄悄降临,如同一位来访的客人。这时我慢慢意识到,我现在所在的地方是首尔而不是巴黎。这里是我的故乡,我的娘家,现在却没有一个人能安慰我,告诉我这只是个噩梦……我下意识地把双手放到肚子上。在这令人毛骨悚然的瞬间,只有宇宙是我真正的安慰。

◇

宇宙。

黑暗中轻轻呼唤宇宙的瞬间,我又想起了她。关于她,我所知道的仅是与我有关的有限信息:四十多年前她生下了我,之后她至少保护了我三四年……当然还可以推测到一些信息,比如,她没有告知任何人我的存在,所以她很可能是偷偷生下了我。如果是这样,她应该是在一家不需填写患者信息的无证医院里生下了我。她没有其他家人,那么应该是她独自一人照顾我的,这也就意味着在那几年,她一天不落地独自承担了无聊而又繁重的育儿工作。

我经常想,她也许是一个外表柔弱又稚嫩的女人。

在一个孤立、封闭的房间里,女人给还不会说话的孩子喂奶、喂婴儿辅食,用温水帮她洗澡,换洗尿布,帮忙剪指甲和脚指甲,喂完奶后轻拍孩子背部,让她打出嗝,还要一直抚摸她的肚子,直至她入睡。这样日复一日,肯定需要极大的耐心。我想她可能从未想过什么是"罪",只是个习惯性地抱着孩子向上帝祷告的纯洁无辜的女性。

不懂"罪",也就意味着因为那份纯真,"罪"随时可能会变为更大的恶。她生下了我,抚养了我一段时间,但她同时也是把我抛弃在铁路上的人。这意味着她根本不在意女儿的死活,她的这种"无心之恶"被隐含在铁路这一空间里。也许她更有可能是这种女人:因为无知而更可怕的女人;晚上把一直哭泣的孩子锁在家里而独自出门的女人;在我出生之前和出生之后,因不小心反复怀孕、多次堕胎,如果堕胎失败就会把生下来的孩子随意遗弃的女人。换句话说,只要付钱就能拥有的女人,从未受过别人尊重的女人……

上大学时,我曾去过校内心理咨询室。以"문주"的名字生活的时间,虽支离破碎,但还是留存着一些感官记忆。不过,更早前的记忆,为什么会一直被尘封在遗忘的海洋里呢?我很好奇,在我的生活中那条铁路为什么会成为分割遗忘和记忆的分界线呢?当时咨询师诊断说,正常成年人的记忆一般是始于

三岁左右，我在铁路上被发现的时候也是三岁左右，因此不记得此前与亲生母亲一起生活的时光，这在医学上也是比较普遍的现象。只是咨询师还指出，我的记忆以在铁路上被发现为分界线，被分割得如此明确，在那之前的记忆完全空白，这可能是和我自己的意志有关。长期以来，我的无意识一直在阻止我接近与亲生母亲一起生活的日子，所以那一时期的记忆已经被尘封在了一个"黑色袋子"里。

"这当然是因为精神创伤。站在铁路上看到火车向自己开过来的景象，精神肯定受到很大的打击。当然也许和母亲一起生活时，精神创伤就已经形成了，可能目睹了无法接受的场面或遭到了虐待。"

咨询师可能认为比起小心翼翼的礼貌用语，提供准确的信息更加重要，因此他在下诊断时用词一直非常直接。从某一刻开始，咨询师的话我再也没听进去。后来，还没等他说完，我就从座位上腾地站了起来，没打招呼便直接离开了。这是我第一次，也是最后一次做心理咨询。

◇

过了好久，我才从床垫上站起来，按了一下日光灯开关，灯却没亮。拉开窗帘往外一看，附近楼房的窗户都是黑漆漆的。我借着手机屏幕上发出的幽光找了会儿蜡烛，但很快就放弃了。曙瑛的家很小，只能勉强收纳吃喝拉撒睡等的必需品，像蜡烛这种应急物品应该不会有的。

我想，应该先出门走走，于是拿起钱包、钥匙，还有曙瑛画的那张简图。可能是没吃午饭、一觉睡到晚上的缘故，感觉肚子很饿，而且也没把握能继续承受黑暗。握住玄关门把手的瞬间，一股突如其来的恐惧涌上心头，感觉似乎打开这扇门我就会掉入无限漆黑的深渊里。这种恐惧其实并不陌生，回想起来，早在三十五年前我也有过类似的经历。到亨利和丽莎家的第一天，我也做了噩梦，从梦中醒来，感受到了强烈的尿意，但像现在一样因为恐惧深渊而不敢打开那扇房门。我不停地提醒自己，一定要直面这些，只要过去了就没事了，然后深深地吸了一口气，缓缓地转动了门把手。房门打开了，当然在外面迎接我的不是深渊，而是台阶。远远望去，上坡路的尽头到处灯光闪闪，灯火通明的南山塔尽收眼底。我想，也许停电是个贫穷的天使，只眷顾那些位于高处的房子。

我手扶着栏杆，小心翼翼地走下二十七级台阶。从侧门走出来，经过福禧餐馆门前时，玻璃门上隐约闪烁的微光吸引了我的视线。餐馆里依然没有客人。白天看到的那个老太太正坐在燃烧的蜡烛旁，墙上投影出她大大的身影，那影子似乎满心忧虑地俯视着她。白天曙瑛说，她搬到这里时，福禧餐馆正好开业。一直以来，她从未见过餐馆门庭若市的景象。她推测，首先是因为餐馆看起来不怎么卫生，而且很多饭菜都偏咸，但主要还是因为老太太的性格过于孤僻吧。看着客人进进出出，老太太从不亲切地打招呼，和附近居民相处得也不是很和睦。经常看到她独来独往，无精打采地守着空无一人的餐馆。曙瑛还说，福禧餐馆几乎没有常客，在她与老太太的关系变僵之前，她也是因为同住一栋楼，一个月才会去上一两次。

虽然清楚地记得曙瑛的话，但不知不觉间，我还是慢慢走向了福禧餐馆的玻璃门。可能是烛光的缘故吧。蜡烛仿佛一个用于闪回的道具，一点一点向外蔓延，然后一下子照亮了我记忆中的某个部分。

光，那是一道道光，是插在蛋糕上的几根蜡烛发出的光芒。有人托着蛋糕走进昏暗的病房，这时三五成群、悠闲地喝着啤酒或葡萄酒的人一齐看向那边。那天是亨利五十八岁的生日，也是他放弃治疗、决定出院的前一天。那时，亨利斜躺在床上，和一旁的我聊了好久他一直想拍却没能拍出来的最后一部电影。这时，亨利开始寻找丽莎，可能他觉得比起女儿，妻子的搀扶更加舒服。像一个没有受邀的客人，尴尬地独自站在病房角落的丽莎连忙快步走了过来,将亨利扶到了蛋糕前。亨利的朋友们以蛋糕为中心,围成了一个圈,他们大部分是默默无闻的电影导演、配角演员以及尚未得到认可的摄影组工作人员。气球飞来飞去,有人在亨利的光头上戴了顶高高的生日帽,引得大家哄堂大笑,但每个人都清楚,这将是亨利的最后一个生日派对,那沉郁的气氛久久无法完全消散。手机和数码相机的拍照声、掌声、隐约响起的生日歌声以及歌声中夹杂的哽咽声……亨利平静地听着这一切,用力深吸一口气,双颊都吸瘪了,然后"呼"地吹了一下,蜡烛全灭了。

那是我记忆中亨利最后的样子。

冲动之下我推开了福禧餐馆的门。我只想在那大影子的保护下、在不断摇曳的烛光前吃点热乎乎的饭菜。听到"丁零"的铃声,老太太转过头看向我这边。

4

亨利第一次在电影院看电影是在他十二岁生日那天。据说电影票是他母亲准备的生日礼物。那天,亨利手里紧握着母亲送给他的电影票,独自登上了台阶,母亲和妹妹则留在电影院大厅。在电影院开门之前,亨利想必多次回头看了母亲和妹妹。

那天亨利被"电影"这个新世界完全征服了。吸引他的并非电影内容——当年年仅十二岁的他,对当天看的那部美国西部电影的故事情节和人物关系都没有搞清楚。银幕上的故事依然在流淌,但演员已消失在银幕之外,这断裂的瞬间让他心跳不已。他或她,去了哪里?又在哪里过着剧本之外尚未确定的人生?在观看电影的过程中,亨利一直被银幕之外的故事深深吸引。这个和银幕平行存在却不能被证明的想象领域,既是摄像机拍摄不到的空间,也是永远未完成的地方,就像我们未选择的另一种人生……走出电影院时,亨利意识到,他再也回不到对电影一无所知的年代了。

他的人生并不顺畅。不,应该说很不走运。他的母亲出生于土耳其,后来移民法国,和法国男人结婚,不过妹妹刚一出生,父亲就离家出走了,并且从未寄过抚养费。从青春期开始,亨利就要和母亲一起承担起养家糊口的重任,因此不得不把上大学、学电影的渴望埋在心底。他辗转于餐馆、洗衣店和公共洗手间打些零工,利用空闲时间阅读了一些有关电影理论的书籍。到了周末,他还经常独自去电影院看上两三部电影。

岁月流逝,母亲再婚,妹妹成年,亨利这才简单收拾行李来到巴黎,这是他长久以来的一个计划。二十多岁的他,在廉价旅馆住下,用攒下的钱上了一所私立电影培训学校。当时认识的一些人成了他一生的挚友和伙伴。亨利和他们组建了一个电影制作俱乐部,大家轮流当导演、工作人员和演员,拍摄了一部部实验性独立电影。他们拍了又拍。虽然来到巴黎后,亨利依然辗转于餐馆、洗衣店和洗手间等地,继续打工谋生,但每次拍电影都需要资金,他依然很穷。不,应该说他比任何时候都要贫穷。但贫穷并没有使他绝望,与吝啬的机会和对他穷追不舍的不幸相比,贫穷真的算不了什么。他的电影从未在电影院上映过,也从未受邀参加过电影节,修改过无数次的剧本也没有引起过投资者的关注。有那么一次,听说有位著名演员要出演亨利的电影,他们终于获得了投资。但后来那位演员改变了心意,撤回了资金,这让他们伤心不已。自从来到巴黎,亨利就一直这样生活。

亨利就讲到这里。

这是我高中毕业后搬到大学宿舍的那天,也就是我从亨利和丽莎那里搬出来独立生活的那天,亨利坐在我房间里的几个搬家纸箱之间,讲给我的故事。"亨利那充满着失败与绝望的、过山车一样的人生!没有得到任何补偿,什么都补偿不了我父亲的人生!只属于他的人生!"我这么想着,一脸坚定地默默收拾着行李。"娜娜,"亨利低声叫我,我抬起头,"娜娜,这就是人生。"亨利接着说道,浅浅地微笑着。那时的他,身上还没有发现癌细胞,四十五岁左右,依旧十分年轻。但那天我最终没有跟着笑出来。

◇

亨利不知道,自那天以后,我也养成了想象银幕外面世界的习惯。只是我所看到的银幕并非电影,而是我生活的投影,虽然二者有些差异,但不管怎么说,我也算继承了亨利的电影基因。

　　银幕的外面，也就是在我生命之外，一直有"문주"这样一个存在。如果去法国的我和留在韩国的"문주"以同样的速度成长的话，这样平行的两种生活也不是不可能。特别的日子，心情好的日子，对心情好的状态心存怀疑，最终唤起悲惨记忆的日子，感到自己会无缘无故被周围所有人抛弃的日子，每每这样的时候，我就像寻找急救药品一样，呼唤银幕外面的"문주"。我喜欢想象"문주"。不，是因为只能想象所以想象。

　　"문주"的成长过程、职业种类、初恋时间和恋爱次数，是否结婚生子，虽然每次想象时结果都会有所改变，但对于"문주"的很多事情，我都可以确定。比如，走路时习惯不看前面，而是地面；有些念旧，不舍得扔东西，家里到处是生锈的戒指或断了的眼镜架等无用的物品；因为沉溺于文字，几乎手不释卷，没有书的时候，即使是传单或食品包装纸背面的配料也要读一读，这样才舒心。我和"문주"的共同点，还可以罗列很多。比如，"문주"如果空腹喝凉水，整天都会腹痛；吃金枪鱼、青鱼、青花鱼等背部呈青色的鱼类时下巴和颈部会出现风疹；笑得越厉害声调越高；蜷缩成圆形的绝望姿态；对无论多么亲密的人，也会小心翼翼地预想到关系的终点。这些也都是"문주"的一部分。

有时,"문주"会茫然地走在冰冷的沉默中,当火车车轮声萦绕在耳边时,"문주"也会像我一样盲目地走着。每当此时,"문주"的周围就会变成铁路的风景。不,是生成此类的风景。铁路轨道下铺着碎石,两旁绿草茵茵,清风徐来,草叶凌乱。走路的时候,"문주"绝对不会回头看,所以我也没有刻意要她转过身来。也是,她的脸相当于已经见过了,因为被扔在人生之外的"문주",是另一个我,所以她的表情和眼神也同样属于我。

◇

铁路……

想象中"문주"一直茫然漫步的那条模糊铁路,如今呈现在我眼前,成了一个清晰的实体。拍摄电影开场镜头的那天,即我来韩国的第三天,我站在清凉里站的站台上。"好奇怪。"我自言自语。确实很奇怪。依靠一点模糊的记忆,我在脑海中重构的清凉里站铁路,是一条始于破旧荒凉站台的绵延不绝的长线,真实的站台却充满了现代气息,而且十分嘈杂。另外,根据不同的目的地,铁路上还建有多个站台,每个站台两侧又各有两条列车线路,而并未看到想象中的那条长线。每当回忆

起过往，脑海中都会呈现不同形状的站台和铁路，如今变成了真实的结构物，拥有体温、表情和声音的人们忙碌地穿梭于现实空间，这些反而更像梦中的风景。如果是梦，那应该也是用声音来记忆的梦。时而变大、时而变小的脚步声，行李箱的轮子声，播报火车班次、目的地和发车时间的广播声……萦绕于铁路周围的天空。

我目不转睛地望着铁路，下意识地往前一步步走去。很快，我的皮鞋就越过了黄色安全线，一半脚掌伸出了站台。猛然回头一看，只见曙瑛和小栗正看着剧本交谈什么，不久前退伍的曙瑛同龄男友——就像曙瑛说的，穿着宽松的运动服出现在地铁站，他叫"银"——站在反光板旁边，怔怔地盯着文字和数字不断变换的电子屏幕。

我毫不犹豫地走下站台，站在铁路中间，这时站台的高度在膝盖位置。站台上来来往往的人们诧异地望着我，还有人一脸惊讶地停下了脚步。听到周围的熙攘声，曙瑛、小栗和银才反应过来，慌忙向我跑过来。看着他们，我打开了一直夹在腋下的纸板。米色的厚纸板上有我写下的歪歪扭扭的"문주"二字，这是昨晚在曙瑛家和曙瑛一起制作的拍摄道具。"没关系，"我指着显示列车到站时间的大屏幕说，"没关系，现在拍吧，快点。"

最先行动的是小栗,她把长杆状的麦克风调向我这边,而曙瑛一脸迷茫地看着大屏幕,又看了看我,很快察觉到了什么似的拿着摄像机也走下站台,站在铁路上开始拍摄。银说"别拍了,都赶快上来",曙瑛回答"越拖越危险",银这才往后退了几步,举起了照明灯。他们不是不知道,对于像灰尘一样漂泊的流浪者而言,比起站台,没有安全保障的铁路更为合适。而且对于流浪者来说,铁路也是代表认同感的空间。

吹过铁路的夏日微风中,夹杂着一股苦涩的味道。

◇

曙瑛说,能在工作人员制止之前结束拍摄,真是万幸。话音刚落,银勃然大怒道:"不对现场危险因素进行控制,是导演最大的失误,有时可能会构成犯罪。"曙瑛对生气的银更加恼火,小栗则显得很疲倦,一直一言不发。第一次拍摄顺利结束,但直到走出站台,大家脸上都没有笑容。因为我被发现的地方不是站台,而是铁路,所以下意识地走下了站台,但没有和他们商量就擅自行动,这种突发行为确实有失妥当。想到这里,我叫住分开走在前面的曙瑛和银,说了句"是我不对",然后我解释了行动的理由,他们以同样的表情看着我,似乎有种介乎失措和抱歉之间的情感。

虽然尴尬的气氛没有完全消失，但午餐还是要一起吃。拍摄当天请演员和工作人员吃饭，是导演曙瑛的一贯原则。在清凉里站附近的一家小餐馆里，大家解决了午餐，吃的是乌冬面和紫菜包饭。午饭过后，小栗说她要去剧院做售票兼职，然后急忙去赶公交车。我和银分别拿着小栗借来的麦克风和录音机，跟着曙瑛上了地铁。银说，除了摄像机，其他摄影设备都是从忠武路的电影人协会那里租来的，租用时间越长，费用越高，所以最好尽快还回去。

"是的，浪费预算是不对的。"

站在银旁边的曙瑛马上回应道，我这才意识到他们已经和解了。另外，"对"这个词已成为他们拿我开玩笑的一个调皮砝码。银要去还自己借来的反光板和小栗借的麦克风，在四号线换乘站下车之前，他把一张叠得整整齐齐的餐巾纸递给我。印有餐馆名字的餐巾纸上写着汉字"银"。他解释说，汉字的意思是指一种制作饰品或硬币的白色矿物材料，即银（silver）。记得在清凉里站附近吃午饭时，我问过他"银"的含义。我背靠在颠簸的地铁车身上，久久凝视着餐巾纸。

曙瑛和我从合井站下车。

合井站附近有一家咖啡厅，既是曙瑛打工的地方，也是她的工作室。曙瑛说，她每周在合井洞那家小咖啡厅工作三天，不打工的时候，她就常去那里写剧本或脚本。昨晚，我在纸板上写"문주"二字的时候，曙瑛给我讲了她的这些日常生活。

据字典记载，合井洞曾有一口大井，有很多贝壳栖息于此，意指贝壳的"蛤"字，在日本殖民统治时期，又逐渐演变为相对简单的汉字"合"字，于是变成了现在的"合井"。特别之处在于，挖掘这口井并非为了获取生活用水，而是为了打磨、清洗处决天主教信徒的刀具。在朝鲜王朝末期，如果相信异教，会被处以死刑。在走向咖啡厅的路上，我把昨晚从网上找到的这些信息告诉了曙瑛，她回答，虽然知道合井洞这边建有纪念殉教者的教堂和纪念馆，但这个名字的由来她也是第一次听说。说来也是，我在巴黎时对行政区的名字也没有任何兴趣，甚至从来没有想过可能会感兴趣。当我提到，如果当年的那口大井还在，我想去看看时，曙瑛回了一句"不可能"，她肯定地说："像首尔这样地价昂贵的城市，那口井早就应该被土填平，盖上高楼大厦了。"

到了咖啡厅门口，曙瑛立起倒在地上的营业牌子，打开了门锁。她说，本来正式营业时间是上午十点，但因为拍摄，今天营业时间推迟到了下午，已经提前得到咖啡店老板的同意。

曙瑛一进入咖啡厅就忙碌起来，搬咖啡豆、洗水果，准备开张营业，我在连着备饮区的 L 形实木吧台前坐下来。

"我查了专门的汉字词典，发现'문'对应的汉字有一百多个，'주'对应的汉字有二百多个。所以'문'和'주'可能会有两万种以上的组合方式。当然，如果去掉代表鹌鹑幼仔的'문（鴍）'和形容牛喘息声的'주（犨）'等不常用汉字，数量会大大减少。"

曙瑛在 L 形的吧台里一边擦拭着杯碟和勺子一边说道，我则用手指在吧台的板上一遍遍地写着"문주"。脑海中不断建成两万多个形状各异的房子，但又反复坍塌。我好不容易鼓起勇气对曙瑛说："总觉得应该是'灰尘'。"她似乎什么都不记得了，漫不经心地反问道："灰尘？"

"啊，词典里的第二个意思？词典里虽是这么解释的，但一般不用在人名中。"

曙瑛说着，把电影第二个场景的脚本和我点的一杯冰柠檬茶放到了吧台上。我凝视着脚本，对她的话既没有表示同意也没有表示反对。两天后，我和她约好要去一趟我被托管近两年的拿撒勒孤儿院。这所用耶稣的故乡命名的孤儿院现在还在运营，但我在孤儿院时的院长维罗尼卡修女已经不在那里了。虽然现在拿撒勒孤儿院里没有人会记得我了，但曙瑛收到我同意来韩国的邮件后，一直和这所孤儿院联系，还得到了负责人的许可，允许我们去拍摄。她似乎在期待，如果亲自访问孤儿院，说不定会有机会见到维罗妮卡修女。

"叮当"一声，两名大学生模样的客人推门走了进来。他们点了两杯咖啡，曙瑛一下子忙碌起来。我收拾好脚本和手提包，从椅子上站起来，跟曙瑛简单打了个招呼后，走向门口。突然间，我很好奇她在清凉里站为什么会跟着我走下站台。

"啊，那个镜头必须和演员站在同一视线上拍摄。当时演员看到的风景，我也很好奇。"

曙瑛如是回答道，边说边向一个修长而优雅的水壶里倒着热水。曙瑛低着头可能没看到，那时我笑了一下。不，我想我可能是笑了。从咖啡厅走出来，视野所及之处都洋溢着夏日的阳光，就像滴在小陶器里向四周扩散的绿色墨水一样，在未来一段时间内，融入我体内的夏季的浓度也会一点一点地慢慢增加，这也意味着宇宙的骨头、血液、脏器和皮肤会像果实一样逐渐成熟。我拦了一辆出租车，坐在后座上，很快一丝慵懒的睡意袭来。

5

在出租车上打了个盹儿,再次睁开眼时,我已经到了曙瑛家附近。我在水果店里买了点桃子,朝曙瑛家走去。这时,我看到福禧(自从两天前停电的那晚在福禧餐馆吃过饭,对我来说老太太就成了福禧)蜷坐在餐馆门口,背影弓成了一个圆。她正在用从餐馆厨房的水管里喷出的水清洗着塑料大桶、盘子和碟子等厨房用具。我走近福禧,把塑料袋递了过去,对她说买了桃子想和她一起吃。她抬起头来,笑着看着我,可能是阳光的缘故,她皱紧了眉头。她把桃子一一洗过,又拿干抹布仔细地擦拭了一遍。

和曙瑛说的有些不同,福禧亲切且好奇心很强。停电的那天晚上,我被烛光吸引推开了餐馆的门,从走进去的那一瞬间起,福禧就表现出对我的关心。我让她帮我做一些不太辣的食物，什么都行。她很快就煮好了一份清汤端了上来，把米饭和小菜摆到桌子上，然后在我对面椅子上坐了下来，并没有打招呼。汤的名字叫嫩豆腐汤。也许是因为时差导致的疲劳，原本缓解了的害喜现象又出现了，令我有些不知所措，但当我喝了一碗热腾腾的嫩豆腐汤之后，心里舒服多了，这就证明福禧做的食物很合我的胃口。坐在对面的福禧一会儿给我倒水，一会儿又把小菜往我这边推，在我的米饭快要吃完时，她又为我盛了一碗。每当四目相对，她总是笑意盈盈。笑的时候，她看起来不再是充满孤独和愤怒的典型老年人模样，而是平添一丝凄凉。随着时间的流逝，一颗不断受伤的心像个球一样滚动而来。要用人脸来表达这样一颗心的话，我想就会是她这般模样。我突然想起了司机师傅的母亲。她瞥我的眼神，每当我坐在饭桌前她都会发出的叹息，一边瞅着我一边埋怨司机师傅的声音，然而……然而，每天傍晚她都会给我洗澡，还经常带我去市场，当村子里的孩子们对我指指点点，嘲笑我是乞丐或孤儿时，她不管在哪里都会跑过来把他们赶得远远的。她一边用手抹着泪水和鼻涕，一边给我扎头发的情景也浮现在眼前。那天在院子的角落里，一根接一根抽着烟的司机师傅抓起我的手，说"我们走吧"时，她猛地一把抱住了我。我的新连衣裙渐渐被她的眼泪打湿了——那时我好像只担心这一点。她哽咽着说："一定要好好活着,必须好好活着!"虽然那时还不太懂得离别的含义,但我预感到以后可能再也见不到她了。虽然很伤心,但奇怪的是,我并没有流泪。

也许正因如此吧,我在福禧的脸上看到了司机师傅母亲的影子。而且我知道,福禧也曾像司机师傅的母亲那样,照顾过他人的孩子,所以在那一瞬间,我本能地坦诚起来。也许是因为我蹩脚的语调,她挠着头小心翼翼地问我是不是从外国来的。于是我对福禧讲述了我的人生历程,包括三十五年前被领养到法国,在那里的生活情况,以及现在因为受住在三楼的年轻电影导演邀请,来到韩国的事情……虽然只是些简单概括的信息,但对不熟悉的人一股脑儿地和盘托出自己的故事,我这还是头一次。

"第一,知道吗?第一,Number one!我 Number one 要感谢的,以及对不起的人,跟你很像。尤其是眼睛和嘴形……我,吓了一跳。"

听我讲完,福禧说道。可能意识到了我是从外国来的,她突然换了种对孩子讲话的口吻,说"吓了一跳"时,她眼睛瞪得溜圆,嘴巴也张得很大。我不禁笑了起来,福禧用她那褐色的眼睛怔怔地望着我。我似乎可以用手掌衡量出她给予我的善意的大小和体积。那份好意应该来自福禧照顾过的孩子。

"'福禧'是什么意思啊？"

在离开餐馆前去结账时，我问道。来韩国后，向新认识的人询问名字的含义，已经成了一种必要程序。

"不管是'福'还是'禧'，都是有福的意思。就是lucky，明白吗？"

"那么福禧就是lucky而又lucky的人是吗？"

"嗯，对！"

我点点头，表示明白了。福禧握住我的手让我下次再来。

"想吃什么了随时跟我说，什么都可以，都行，every（每种），every，知道了吗？"

"什么都可以""都行""every, every"……lucky而又lucky的她选择的单词都具有体温，直到那时，我才真正体会到我回到了故乡。两天前的那个晚上，也就是来首尔的第一天，我就这样跟福禧相遇了。

◇

我坐在餐馆里的空桌旁，吃着福禧刚刚仔细洗好的一个桃子，这时听到有人喊"福禧呀"，只见一个看上去跟福禧年纪差不多的老妇，拉着一辆手拉车慢腾腾地向这边走来，车上松松散散地堆放着纸箱、空瓶、塑料袋等东西。福禧费力地伸展双膝，站起来，高兴地迎了出去。两人在餐馆遮阳篷下肩并肩坐了下来。她们个子相仿，但由于老妇非常干瘦，福禧显得比平时更肉实些。也许因为她们身材迥异，我对两人友情的起源更加好奇了。福禧从围裙里拿出一个烟盒，老妇立即点上一根烟，吸入烟气时脸颊都瘪了下去。我一直注视着这个急切地吸着烟的老妇，久久无法移开视线。在老妇抽烟时，福禧像是确认我是否平安似的，不时回头看向我这边。每当与我对视时，她就会露出浅浅的笑容。老妇抽完烟，福禧把烟盒塞到她手里，又把堆放在阴凉处的几个小菜桶整齐地放到她车上。

老妇拉着车子走远之后，福禧才拿着还带有水汽的桶和盘子走进餐馆。我递给她一个桃子，她摆摆手说"牙口不好，不能吃硬桃子"，就大步走向厨房。厨房里响起一阵叮叮当当的声音，过了一会儿，福禧拿着两个碗走出厨房，碗里盛着面条。这两天随着孕吐症状的消失，我对世界上所有的食物都产生了好奇心，简直不可思议，而福禧做的食物总能勾起我的食欲。福禧说这是用一种叫作水萝卜的泡菜汤做的面条，面条的味道不仅清淡爽口，还带一丝咸味。我还不太会用筷子，笨拙地吃着面条，福禧把自己碗里的面条又分给我一些，叮嘱我别噎着，慢慢吃。为什么？为什么这么漫不经心的一句话竟让我如此哽咽？我咳嗽了一下，喝了口水，福禧问道："怎么了，面条不可口吗？"她的眼神中流露出真诚的担心。在那一瞬间，我突然向福禧描述起那种食物，大概也是因为跟她走近了的缘故吧。也或许是想到了"不管什么时候""都行""every"那些带有体温的词语，又或许是出于实际判断，觉得开了近十年餐馆的福禧，应该知道那个红豆馅、外皮撒了砂糖的褐紫色扁平状食物。

听完我的描述后，福禧说如果有图片的话，就能照着做出来，让我下次画张图带过来。难道连福禧都不知道吗？说来也是，我还没在哪家韩国餐馆看到过。我又继续吃起来，这时福禧看了我一眼，小心翼翼地问道：

"你是不是去过比利时那个国家？你不是说是从法国来的嘛。从地图上看，法国和比利时紧挨着，你应该去过吧？"

从法国去德国或英国的时候，我主要在比利时换乘廉价火车，对我来说，比利时就像一个巨大的候车室。当我回答去过无数次后，福禧马上从围裙兜里掏出来一张照片，是用胶片相机拍摄、在暗室里冲洗的那种老照片。这张老旧的照片，感觉即使陈列在博物馆里似乎也毫无违和感。这应该是福禧事先准备好要拿给我看的。

"是个女孩啊。"

我仔细看着照片里的孩子说道。应该是福禧曾经照顾过的女孩吧，说是跟我"Number one 像"，我却觉得我们完全没有相似之处。也许福禧是在用别样的视角看待我吧，这我就不得而知了。

"这是她七岁时的照片。现在也已经长大成人，有了工作，也结婚了……应该是这样的。"

"……"

"那你在比利时见过这样的孩子吗？哪怕是长得差不多的，嗯？"

我看了看照片，缓缓抬起头。她褐色的瞳孔，在耷拉的眼皮下闪动着。那一瞬间我感受到，福禧和照片中的那孩子之间已经超越了委托关系，而且在漫长的岁月里，她一直思念着那个孩子……我回答从没见过，目不转睛地看着她。可能是感受到了我的目光，她把照片收了起来，说了一句让我大吃一惊的话。

"这是我接生的第一个孩子。"

"接生孩子？"

"这个孩子刚来到这个世上时，是我帮她取出身体，擦去血水和胎脂，还给她剪去脐带。"

"那么，也就是说您以前在妇产科工作？"

"也不只是接生孩子，类似的事情做了近四十年，在很多地方……"

福禧支支吾吾地答道，低下头继续吃面条，再没有说什么。我想，如果是从一出生就照顾的话，那孩子就跟自己的亲生骨肉没什么区别。像亲生孩子一样抚养几年后送走，跟暂时照顾即将被领养的孩子，二者是不同的。一种是遗弃，另一种是保护。我不想进一步了解真相，迄今为止，我的人生都是在拼命远离那种故事，况且现在我有了宇宙。

没了胃口。面条还没有吃完，我就板着脸从椅子上站了起来，敷衍地跟福禧打了个招呼，就离开了餐馆。虽然福禧在后面说让我"再来"，但我并没有回答，也没有回头。我想先睡一会儿，好像沉沉地睡上一觉，醒来后那些不好的记忆就会被一个透明的筛子统统筛出去，流向无意识的领域。真奇怪。我和福禧是以客人和餐馆老板的身份相识，只不过见过两次面而已，刚才我却感觉像被相识已久的人抛弃了一样，内心受到很大的伤害。我一只手抱着肚子爬楼梯时，心里想着，现在留给我的藏身处只有曙瑛的家了，而通向这个家的楼梯就像是逃离这个世界的通道。你和我的避难所，一个如鸟巢一样的地方，任何人都不能侵犯或毁坏……

6

在司机师傅的家里，我以"문주"的身份生活了一年，第二年夏天，我又成了没有名字的孩子，被送进孤儿院。穿着新连衣裙，扎着司机师傅的母亲给我精心梳的小辫儿，心里装着一定要好好活着的嘱托……那是一段漫长的旅程。从首尔到仁川，公交车换乘地铁，又从地铁换乘公交车，一路上我晕车晕得很厉害，脸色变得蜡黄，从公交车上下来后，蹲在路边就吐了起来。当时，在我身边温柔地拍打着我后背的司机师傅是怎样的表情呢？

记不起来了。

"直到二十世纪八十年代后期，孤儿院附近都还是土路，从公交车上下来后应该又走了好长一段路。"

一直在倾听我故事的杰玛修女说道。她双手整齐地叠放着坐在对面的沙发上。如此看来，当时，孤儿院附近都是板房，根本没有高楼大厦。当时的孤儿院也不是现在的三层建筑，而是由普通住宅改造而成。由于空间狭窄，晚上睡觉时孩子们的胳膊和腿都搭到了一起，当时也没有体育馆和图书馆之类的设施。据说，目前拿撒勒孤儿院里收留了七名学龄前儿童。虽然孤儿院规模扩大了，孩子的数量却减少到当时的五分之一。

杰玛修女的年龄看上去比我还要小，从两年前开始，在维罗尼卡修女被送到天主教财团运营的疗养院后，她就成了拿撒勒孤儿院的院长。疗养院位于一个名叫木浦的港口城市，这样的话，维罗尼卡修女距离我和曙瑛比预想中的还要远。然而，我们所面临的真正意外并非疗养院的位置，而是维罗尼卡修女所患的抑郁性痴呆症。痴呆症患者不太可能还记得三十多年前被领养到法国的孩子，以及送这孩子来孤儿院的临时监护人。曙瑛可能也有同样的想法，在听到杰玛说出病名的瞬间，她难以掩饰慌乱的神情。

杰玛修女说有东西要给我看，说着从书桌里拿出一个大文件夹。她从旧文件夹里取出一张以朴艾斯德拉的名字登记的儿童卡片，上面记录着身体基本信息和领养情况，以及以朴艾斯德拉的名字登记的孤儿身份证明书、独立户籍和由朴英姬签名的领养同意书的副本。任何文件上都没有关于司机师傅的信息。

就在我翻看一张张文件时，一些记忆浮现在脑海里，我想起当年我叫"문주"时，我的姓是"郑"，进入孤儿院后，我的名字也从郑문주改成了朴艾斯德拉。被叫作朴艾斯德拉的时间约两年，虽然比起郑문주，我在朴艾斯德拉这个名字里居住的时间更长，但对这个名字，我既没有太多感情也无任何执念，这是因为在孤儿院里我几乎没什么个人体验。相似的名字，固定的时间表，感受着跟其他孤儿一样分量的缺失感和不安感，维罗尼卡修女和其他大人给予的形式上的、均衡的关爱，以及等到了一定时候，一些孩子被领养到海外，又会有其他的孩子来填补空缺的这种漠然的反复，都令我变得迟钝起来。

曙瑛在一旁用主摄像机给我低头翻看的材料拍了特写，而相隔一拃的银则用另一台摄像机给我和杰玛修女拍摄了全景。今天只在室内拍摄，所以银没有使用反光板，而是借来了辅助摄像机。小栗则像在清凉里站时那样，为了不被摄像机捕捉到，她和麦克风保持一段距离，将其对着桌子的方向。这个麦克风好像也是室内专用，不是上次用的长杆状，而是架在支架上，看上去像支猎枪。

"朴英姬是维罗尼卡修女的俗名。在她任院长期间，给那些没有户籍的孤儿都取了《圣经》中圣人或义士的名字，姓全部用朴。她可能是想通过这种小细节，来传达一下家人的感觉吧。"

"……"

"从这种意义上讲……"

杰玛修女扶了扶眼镜,像是在深思熟虑,然后慎重地说道:"从这种意义上讲,我确信把姊妹带到这里的司机师傅姓郑。"

"……"

"是那位司机师傅给你取名'郑문주'的吧?我想他应该是打算以后再来把姊妹接走吧。因为发现失踪儿童的人中,很少会有人自己照顾一年多。"

"……"

我沉默不语,不知道该说些什么。时间在沉默中流逝。曙瑛放下摄像机,代我向杰玛修女问了一个问题。

"那时和维罗尼卡修女一起工作的人中,还有没有人记得司机师傅的姓名或住所呢?"

"我倒是知道还有一名修女,但她很久以前还俗了,我从未见过她,也不清楚她的联系方式。两位不如先到警察局看看?不管出于何种好意收留孩子,都要到警察局报案,可能在填写报案资料时,会留下个人信息吧。"

听完杰玛修女的话,曙瑛歪垂着头,像是在检查自己是否有疏漏,她一脸认真地盯着地板,在看到小栗用手势发出信号

065

后，才再次把摄像机举到肩膀上，熟练地将镜头对准我。这时我明白了，孤儿院的最后一个镜头是给我那副木然的神情做了特写，然后渐渐淡出。

◇

曙瑛带着小栗和银去拍摄一些孤儿院的风景，用作电影背景画面。我走出院长室，走在通向出口的走廊上。走廊和大厅的墙壁上，密密麻麻地挂着无数个相框，很快我就发现那些照片里都是在拿撒勒孤儿院待过的孩子。在楼梯通向大厅的墙上，我看到一张熟悉的面孔，自然而然地停下了脚步，那是我去巴黎之前拍的照片。照片中的我，眼睛瞪得很大，嘴巴微张，神情似乎有些惊讶，我当时应该是六七岁，既是朴艾斯德拉又是郑문주的时候……我抬头盯着那张照片，看了很久很久，脖子向后仰得都有些疼了。

走出大楼，我看见一块用来停放车辆的水泥地，而以前近四十个孩子玩皮球、跳皮筋的空地却不见了。以前那片空地上，虽然连个常见的秋千都没有，但堆满了泥土和沙子，也有很多棵大树，垂下巨大的树荫。去法国的那天清晨，在那块空地的某处，我曾埋下一个小镜子。"坐上飞机，在云朵上长长地睡上

一觉，就到法国了。"维罗尼卡修女缓缓地跟我解释道，还说两个月前在孤儿院里见过一面的光头男人和高个子女人会在机场等我。就像其他孩子离开孤儿院时那样，在离开的前一天下午，孤儿院为我举办了一个小型派对。派对上，大家一起祈祷，一起分享蛋糕和烤肉等珍贵食物，留下来的所有孩子都要亲吻将要离开的孩子的脸颊。晚上，我用手背擦着被无数人亲吻过的脸颊，在往常的睡觉时间躺下了，却怎么都睡不着，眼睛一直睁到天亮。当鸟鸣声响起，窗外晨光熹微，我偷偷爬起来，拿着最珍爱的小镜子走向空地。蹲下身子后，我呆呆地望着那面小镜子。镜子里，装着我昏暗人生的一部分。过了一会儿，我用尽全力挖了一个深深的小坑，然后把小镜子，不，把镜子里的我埋进土里。我之所以能够想象留在韩国的"문주"会以和我同样的速度成长，也许是因为那时我埋下的小镜子吧。

"您在这里啊。"

是杰玛修女。她站在我身后，一脸焦急的神情，好像有什么话要说。

"我有一个请求。"她向我走近一步说道。

"实际上……"

"……"

"实际上,维罗尼卡修女现在的状况很不好,就连一起相处了十年的我她都认不出来了。发病很突然,病情也发展得很快,大家都有些不知所措。"

"她是突然丧失记忆的吗?"

"这个……"

杰玛修女面露难色,欲言又止,她环顾了一下四周。"在那次骚动发生之前,没人知道维罗尼卡修女的病情。"她接着说,声音低沉。之前从未出现过类似病状,却在一个平凡的夜里彻底暴发了。那天,维罗尼卡修女打碎了房间里的所有圣物,然后拿起一个碎片划伤了自己的手臂和大腿。

"主啊!"就在杰玛修女继续讲述时,我的耳边再次响起丽莎的喊声。就在听到医生诊断结果,得知亨利的癌症复发并且癌细胞已转移到全身后,醉酒的丽莎回到家,把衣柜、冰箱和浴室的门挨个打开,青筋暴起,对着里面大喊大叫:"你真是个浑蛋,主!"

当时亨利在住院,目睹此场景的人只有我。平时除了必要的话之外,几乎一言不发,不管在哪儿,都是一副弯腰驼背姿态的丽莎,从未表现出那天一样的狂暴。时隔许久,当我再次回想起那天的丽莎,突然觉得"문주"和娜娜是一样的。维罗尼卡和丽莎将自己孤独的挣扎巧妙地隐藏在日常生活中,而

在某一时刻这一挣扎却撕破日常喷涌而出。在我看来，她们的孤独挣扎就像从同一个身体里产生的两个形象，非常相仿。在上帝这个无力的旁观者面前，那些痛苦的举动不过是些无谓的控诉……

丽莎却与维罗尼卡不同，她没有被逼到绝路，而这应该归功于亨利。近一米九的大高个儿，找不到一丝柔和曲线的体形，粗壮的骨骼和粗犷的嗓音。人们都把丽莎当成小人国的巨人，亨利却待她如肩膀上的小鸟。他经常细心留意丽莎的状态，抚摸她的手也温柔无比。我相信丽莎正是有了这样的回忆，才能承受亨利的不在，得以重新走上正常的生活轨道。

"我想拜托你……姊妹最好不要去找维罗尼卡修女了。我估计她肯定不想把自己病恹恹的样子展现给曾视如己出的孩子，这点我可以肯定。"

我回答，我会照做的，我也没有权利拒绝这个请求。杰玛修女点头和我道别后，转身正要离去，我下意识地对她说了声"谢谢"。

"嗯？谢什么？"

"谢谢您相信救过我的司机师傅。"

"啊……"

杰玛修女似乎没有理解我具体感谢她什么，但我并未详细说明。她相信司机师傅还打算再带我回去，知道这一推测错误的人，只有我一人就够了。那一刻，我意识到，再也不能回避当年我把小镜子埋在空地时所隐藏的感情了。那时，在我幼小的心灵里，怨恨的情感在沸腾。我还曾下定决心，以后即使获得巨大成功，即使成为世人皆知的名人，也不会再去寻找司机师傅了。因为深信有一天他会接我走的，不是别人，而是我自己。然而，直到我前往另一个国家的那天，他也没有给孤儿院打过一通电话。我的安危，我在哪里，生活如何，以至于是生是死，他都漠不关心。把我丢到这里后，他从未来看过我。

◇

从仁川坐一个多小时地铁到达首尔后，曙瑛说要重新编辑电影的连续镜头，于是和银一起去了合井洞的咖啡馆，而小栗则和往常一样去做售票兼职。我坐公交车到了曙瑛家附近，下车后，一边走一边留心看着一块块牌匾。手机上的谷歌地图显示绿莎坪站附近有三家妇产科医院，我打算回法国之前在其中一家做产检。

去的第一家医院消毒水味儿特别浓，于是换了另一家，直接挂了号。规模虽不大，但休息室看起来像某个家庭的客厅一样温馨，给人一种被邀请做客的感觉。

在结束几项检查后，医生告诉我，已经有十六周的宇宙有10.2厘米了，体重一百二十多克。全身开始生出螺旋状的绒毛，已长出性器官和眉毛，每隔三四个小时会小便一次。医生又接着说，肝脑很快就会成形了。那时候，我的情感就会原原本本地传达给宇宙，他会感受到跟我一样的感情了。

"您从法国来的啊，在韩国有没有监护人？"

医生看了我的患者资料后问道。

"监护人是我自己，没有其他监护人。"

听完我的回答，医生的神色变得有些复杂，好在她什么都没问，只是嘱咐我要服用综合维生素。从诊疗室出来后，我手机上收到了做超声波检查时在屏幕上看到过的影像。医院职员还递给我一个小册子，好像是用来记录产妇生产前的健康状况及身体变化。当我掏出钱包打算结账时，一张皱巴巴的纸巾也被带了出来。就在我低头静静地盯着纸巾上的"银"字时，已经忘记的丹尼斯的手，就像胶片倒带时画面里的被拍摄物一样，慢慢浮现在眼前。不仅是手握餐巾纸的样子，就连那手的皱纹和血管的角度也都渐渐鲜明起来。

是在哪里呢？大概是在剧团附近的酒吧。丹尼斯当时还是个刚入行的新人演员，他来观看我创作的话剧，之后在熟悉的导演的劝说下，他也一起参加了那次酒会。他能说会道，以其特有的幽默逗得剧团的人开怀大笑，在我漫不经心地听着他那吸引众人的故事时，无意间我的视线扫向桌子下面，发现他的手正用力握着餐巾纸，握得太紧，血液都要凝滞了。原来他在努力掩饰自己的情绪啊！我想。对他来说，手似乎不是身体的末端器官，更像是使内心情感可视化的独立物质。在和他恋爱期间，比起他的表情或语气，我更注意关注他手的状态。我慢慢发现，当他手里使劲握着餐巾纸之类的小东西时，是为了掩饰紧张；当手格外通红时，是为了掩饰羞涩；当手苍白近似青色时，是为了掩饰羞愧。最后一次看到他的手时，他手里什么都没握，也没有发红或变白。即使说着"不再爱了"，他的手也没有发生任何变化，这正是无比明确的离别证明。但即使分手后，我们也不得不经常见面。有些时候，我们还会一起过夜，即使没有任何期待。如果说他是一个利用我的自私自利之人，那我和他也彼此彼此。虽然我们对自己的孤独非常坦诚，但我们并没有以此为抵押，把希望寄托在对方身上。我时常庆幸我们是这样一种关系。

在来韩国的前几天，也曾跟他见过面，当时我已经知道了宇宙的存在。那是在我们都认识的一位老演员的告别演出上。演出结束后，走到大厅，看到丹尼斯东张西望的背影，不知道是否在找我。我远远地望了望他，然后走向剧院后门。尽管我并不希望宇宙成为一个秘密，但我也不想由我特意来揭开这个秘密。当年选择身为不婚主义者的他，是我的决定。这段爱已经成为过去。我想，丹尼斯、宇宙和我，我们三者是平等的。丹尼斯对宇宙没有责任，宇宙也会在没有丹尼斯的允许或同意下，成为我的家人，而我也永远不会埋怨丹尼斯。

我把餐巾纸放回了包里。

在去曙瑛家的路上，我在药店买了综合维生素，又从超市买了各种蔬菜、袋装大米及黑麦面包等。街道上渐渐燃尽的夏日余晖里，渗透出隐隐约约的墨色。肚子渐渐饿了起来。两只手分别提着塑料袋，沿着上坡路卖力地走着，远远地看到了亮着灯的福禧餐馆。

◇

经过福禧餐馆，正当我打开侧门时，从后面传来了福禧的声音。可能因为她不知道怎么称呼我合适，接连喊着"三楼……三楼"，还挥手示意我过去。我却无法欣然靠近她，我一直认为，当不想知道真相时，避开提起真相的场所才是上策。

"马上就好了，快进来。"

虽然我借故说太累了想休息，但福禧的语气非常诚恳，我不知道再用什么理由来拒绝她，又不想撒谎说有事或说有人找我。

我只好转身走回来。一进福禧餐馆，就看见一旁的桌子上已经摆好了水、筷子、勺子和各种小菜。我坐了下来，福禧进了厨房，很快从厨房里飘来一股好闻的油香味儿。过了一会儿，福禧从厨房里出来，手里端着个盘子，当我看到那个盘子时，惊讶得合不上嘴。盘子里整齐地摆放着一种小吃，是那种褐紫色扁平饺子状食物。

"这个，你是怎么……"

还没等我说完，福禧哈哈大笑起来，在我对面的椅子上坐下。

"怎么，什么怎么呀？听完你的描述，我仔细想了想，马上就知道是什么了。惊喜，知道吗？这是惊喜！知道这种小吃叫什么吗？"

我摇了摇头，福禧把脸探向我这边，一个音节一个音节慢慢说道：

"高，粱，煎，饼。"

"高，粱，煎，饼？"

"是的，高粱煎饼。有一种谷物叫高粱。从这里一直往东走,有个叫江原道的地方,那里多山地,土质贫瘠,不怎么产大米。高粱即使在地质不好的地方长势也不错,所以那里的人就用它来做食物。"

福禧流利地解说道。我默默地看着她,能感觉到,为了让我听懂,她刻意选用了简单的单词,她的良苦用心我能领会得到。"高粱煎饼""高粱煎饼"……我在心里反复默念。夹起一块放到嘴里,顿时雨声、被雨淋湿的树木散发出的树香,还有喊着"문주야"的声音,一一涌进我情感的河流,荡起浅浅的涟漪。

"真好吃。"

我低着头小声感叹道。福禧出神地望着我,然后突然站起身来,拿来一瓶烧酒,倒进酒杯。大概喝到第三口时,福禧突然问道:"比利时怎么样?"

"那里好吗?长得不一样,是混血儿,也不会受到歧视吧?也是,像欧洲那种地方,即使长得特别的人,也不会被歧视,多个种族可以混在一起生活,对吧?"

"是的,没错。"

这话有谎言的成分。对异乡人的歧视,无法避免,无一例外。福禧又喝了一口烧酒,用消沉的声音继续说道:

"我以为活着时会去一次,活了七十多年了,一次也没有去成。最终,一次……"

"那张照片里的孩子,难道……"

被抛弃了,因为长得不一样?后面这句我没说出口。幸运的是,福禧对我没说出口的话似乎并不好奇,也没有催我把话说完。在我吃完高粱煎饼之前,她只是低头凝视着还剩半杯烧酒的透明杯子。投射到杯子上的灯光映照着她的脸庞,有些瞬间我感觉她似乎又回到了那个更年轻的时节。仿佛昨天才见过似的,今天依然记忆犹新的,是她的脸庞。

◇

等我吃完放下筷子后,福禧像是在等着似的,费力地站了起来,把厨房里其他高粱煎饼盛到泡沫盒子里,放进我的包里。还没等我说谢谢,她就一把拎起装着大米和黑麦面包的超市塑料袋,首先朝门口走去。我本想劝阻她,但没有那样做,因为福禧已经知道了。只有福禧,只有她,注意到了宇宙的存在。

"怀孩子的时候,不能提重的东西。"

走出餐馆时,福禧像是嘱咐似的说道。我的内心瞬间产生了剧烈的情感波动,对此我无法解释。你接受的最初关怀,以及我殷切期盼的他人对你的欢迎……我提着剩下的塑料袋,跟在福禧后面走出餐馆，然后我慢慢明白了，她的话为何给我如此强烈的印象。

福禧在三楼玄关门前放下塑料袋，跟我打了个手势，示意我赶紧进去，然后就下了楼。可能因为膝盖不好，福禧扶着栏杆一个台阶一个台阶地走了下去，那弯曲的背影，我并不陌生。这让我想起了丽莎，但同时感觉心情有些沉重，因为至今我还没告诉丽莎宇宙的存在。走进曙瑛家，我就马上掏出手机，按下了丽莎的号码。

电话接通后，丽莎先问我有没有不舒服，像是下意识提出的问题。自从亨利去世后，丽莎只要接到亲友突然打来的电话，就会像现在一样省略问候，直接问对方有没有不舒服。"没有不舒服，只是我有了孩子。"我一口气说完了这句话。顿时，沉默袭来。虽然电话那头大大小小的噪声有些嘈杂，但丽莎的呼吸却均匀平静。

"哦，我的天，娜娜。"

过了一会儿，丽莎低声说道。

"我有很多问题想问，只是现在不知道从哪里问起，实在……你能给我点时间吗？等我整理好了思绪，再打过来怎么样？"

我笑着回答："我们随时可以通话。"通话结束前的道别问候显得有些尴尬，但我理解丽莎。不，是我理解丽莎的缺失。

有那么一天，是在十多年前，亨利第一次也是最后一次接受癌细胞切除手术的那天，丽莎在手术室外的走廊里给我讲述了她的故事。由于从青春期开始，她就长期服用生长激素抑制剂，所以在遇见亨利之前，就已经处于医学意义上的不孕状态。在此之前，丽莎从来没有被爱过，对爱的行为也一无所知，因此没有觉得那是一种缺失。然而，自从认识亨利后，那种缺失就变成了一种巨大的痛苦。"我从未对亨利讲过这些话。"丽莎补充道。那一瞬间，她的脸看起来很冷，于是我轻轻地抱住了她。那天，我决心成为这个世界上无条件理解丽莎的最后一个人。尽管亨利的朋友都不了解丽莎，背后说她冷漠，让人捉摸不透，有时还很压抑。我也几乎不记得听丽莎说过什么安慰人的暖心话，反而经常因为她那封闭的内心而伤心不已。尽管如此，我的决心绝对不会变质或消亡。因为丽莎是我的妈妈，对我来说，我有着如此明确的理由。

我提着两个塑料袋走到冰箱前。"你真棒。"我把从福禧那里拿来的泡沫盒子以及从超市买来的食物放进冰箱时自言自语道。如果亨利还活着，他会对我说一些话，用他那一笑起来就会动员起隐藏在额头与眼睛之间、鼻尖与嘴唇之间、脸颊与下巴之间的所有细纹的笑脸，我曾经最喜欢的那张脸庞，这样说："娜娜，你让我当上了外公，你真棒！"

7

阿岘位于新村与光化门之间，离曙瑛工作的合井洞咖啡馆和梨泰院都不算远。那个家竟然离得这么近，出乎我们的意料。在去阿岘的路上，有个汇集了多家婚纱店的街区，过了这条街区，陆续可以看到交错林立的房地产中介、家具店以及餐馆。在这条街上，人们可以筹备婚礼、租赁房屋、置办家具、享受美食……走在这条路上，我想，如果把人生的某个时期展现出来的话，那么可以说就是这条街道的风景。

听曙瑛说，阿岘最近被开发成了高级公寓村，但并非所有区域都被划为开发区域，以地铁站为中心，左侧时尚的高层公寓鳞次栉比，而右侧老式公寓和小商店依然如故。在手机谷歌地图上搜索了一下，曙瑛说的旅馆位于右侧靠里的位置，也就是尚未开发的区域。跟着地图的指示，穿过几条巷子，走近目的地时，我看到一辆搬家公司的卡车停在前面。两个身穿草绿色马甲的男人，正在往卡车上搬运大大小小的行李。我停下脚步，怔怔地望着那沉淀着岁月灰垢和痕迹的衣柜、梳妆台及冰箱等家具、家电。

"可是，司机师傅和他母亲已经不住在那里了。我提前去过了，现在那里住着一对年轻夫妇，他们把那座韩屋进行了改造，开了家旅馆。这对夫妇购入房子之前，据说是一位退休医生住在那里，看来司机师傅很久之前就搬走了。"

今天早上，在拿撒勒孤儿院的拍摄结束之后，曙瑛时隔五天打过来电话，告诉我终于找到司机师傅的家了，并且告诉我一个地址，又说了以上内容。说来也是，一家人在同一座房子里住上数十年的可能性不是很大。我颤抖地写下司机师傅家的地址，那种兴奋却久久难以平复。

结束与曙瑛的通话后，我打开网站搜索"阿岘"这个地名。据说，在很久以前，阿岘被叫作"儿岘"，随着地名汉字化，就变成了发音相似的阿岘（阿岘是由意指山岗的"阿"字和意指山丘的"岘"字组合而成）。在朝鲜王朝时期，如果出现了尸体，必须要运出四大门[1]。儿岘即阿岘，当年主要是掩埋孩子的

---

1 1394年，朝鲜王朝始祖李成桂把汉城（今首尔）定为首都，此后在汉城周围修筑了城墙，建造了四大城门以防外敌。四大城门为东大门（兴仁门）、西大门（敦义门）、南大门（崇礼门）和北大门（肃靖门）。

坟场。在这个孩子坟墓林立的地方、首尔最具悲情意义的区域，我以"문주"的身份生活了一年。

搬家卡车很快就开走了。车走后，我看见墙边并排放着两把木椅。坐上去才发现椅子腿儿不平，嘎吱嘎吱直响，这下明白了椅子为什么会被扔掉。坐在椅子上，抬头仰望天空，空中一条条电线就像是阿岘的固有纹路，那在电线上飘舞的白色长线，就像只有我才能看到的一种标识，因为那条长线指向的地方就是曙瑛告诉我的旅馆……

曙瑛还说，清凉里附近的三个警察局和两个派出所她都去过了，但没有找到关于一九八三年我在铁路上被发现的资料。那个年代，走失儿童报案系统还不完善，也没有实现资料数字化，因此如今已无法查询。曙瑛说就在灰心丧气，不知道再如何找下去的时候，意外地接到了杰玛修女的电话。

"维罗尼卡修女当年想，说不定以后孩子们可能会找父母，反之，父母也可能会来打听孩子们的生活，因此私下里做了一份手册。维罗尼卡修女在去疗养院之前，把那些手册都交给了杰玛修女。在我们走之后，杰玛修女又仔细地查找一番，结果在手册里找到了送'郑문주'来的人的姓名和地址。用杰玛修女的话来说，就是'三十五年前用圆珠笔写下的字迹，还能辨认得出来，真是一个奇迹'。"

另外，据杰玛的推测，司机师傅确实姓郑。

郑友植，时年三十一岁。在名字和年龄一栏里，只写着家庭地址和现在已是空号的电话号码，名字标记栏和身份证号码栏都是空的。曙瑛立即给铁路部门打了电话，咨询郑友植的联系方式。得到的答复却是司机名单上没有这个名字，即便有，他们也不会透露相关信息。我们一路找来，可他仍然在一个难以触及的地方，就如同在一个无法抛锚、只能在港口附近徘徊的小船上看到的某个城市不灭的夜间灯火……

◇

经营旅馆的年轻夫妇给人的印象非常好，他们同意了我们的拍摄请求。拍摄之前，我绕着韩屋的外围转了一圈，现在的韩屋在原来的基础上又增建了一层，院子也扩大了，院子里种着各种花花草草及小巧的树木，房檐下间隔一定距离还悬挂着照明灯，散发出淡杏色的光芒。有两名外国旅客可能是要外出，他们正在穿放在石阶上的鞋子。这时，一双小巧的运动鞋仿佛穿过了时间的隧道，清晰地浮现在眼前。司机师傅和他的母亲可能不知道，那时的我经常蜷缩着，静静地俯视我那摆放在石阶上、和其他鞋子混在一起的小运动鞋。每当那时，我就感觉像是享用了一顿香甜的美食，心里莫名地踏实多了，这种踏实感的另一个名字也许是归属感吧。这是我有生以来第一次感受到的情感。

拍摄是以采访形式，在开阔的地板上进行的。镜头外的曙瑛提出事先准备好的问题，由镜头内的我来回答。麦克风一如既往地由小栗拿着，银则替代曙瑛负责主摄像机。曙瑛提问了诸如关于韩屋外貌、氛围的记忆，与司机师傅的相关回忆，以及第一次被叫作"문주"时的心情等问题，我逐一作答。

"如果再次见到郑友植师傅，您最想说些什么？"

这是曙瑛的最后一个问题。这次我没能立即回答，只是默默地注视着镜头。我想，对于这一不自然的沉默，曙瑛以后在编辑时肯定会剪掉。

"我应该会说感谢吧，大概。但只说这句话还不够，不管说什么都不够。可是……"

过了好一会儿，我才接着说下去：

"可是，说什么都感觉不够的那句感谢，也不完全是感谢。我也曾埋怨过他，有时甚至超过了亲生母亲。"

"……为什么呢？"

"因为……"

"……"

"因为我又被抛弃了一次。"

"……"

等我说完最后一句，曙瑛没有再问什么，只是轻轻地喊了声"咔"，然后关掉了麦克风。银和小栗小心翼翼地放下拍摄设备，没有发出一点噪声。拍摄就这样结束了。

跟年轻夫妇道别后，我转过身来，一股潮湿的风迎面吹来。曙瑛说好像要下雷阵雨了，小栗和银匆忙行动起来，担心拍摄设备被雨淋到，我也跟着他们快步走了出来。刚走出旅馆，就看到一个看上去比福禧年纪还大的老婆婆，坐在那把被扔掉的椅子上，摇头晃脑地打着瞌睡。瞬间我感觉自己仿佛一转眼就走完了一生，与未来的自己相逢，顿时一股无力的孤独感涌上心头。走出巷子之前，我曾多次回头，但那个老婆婆始终没有醒来。我在想，等老婆婆从梦中醒来，这个巷子和巷子里的房子会不会都化为了尘埃？想到这里，我突然产生一种感觉，觉得这条巷子就如同现世的纹路一般。

◇

曙瑛说想要开个会，因此大家一起先去忠武路返还了拍摄设备，然后去了合井洞的咖啡馆。咖啡馆的另一名员工给我们安排了隔板靠里的座位。曙瑛说今天不请吃饭，改请喝酒，于是小栗和银直接点了四瓶啤酒，没有问我的意见。

大家都在担心电影的下一个场景。如果没有其他办法找到"문주"的痕迹，电影就此结束的话，分量明显不足，而且也有违初衷。大家各抒己见，但大部分意见都很冲动，如把全国六十多岁的郑友植找个遍，或在各大网站刊登我在孤儿院时的照片和被遗弃在铁路上的故事等。夜幕徐徐降临，桌子上的空啤酒瓶也多了起来，会议自然而然地不了了之。除了我之外，他们三人把酒平分喝了，但喝醉的只有曙瑛一人。脸颊绯红的曙瑛贴到我身边，指着我那份丝毫未动的啤酒，问我是不是本来就不能喝酒。曙瑛身上散发着甜甜的啤酒香气，她呼出来的气息蔓延到我的脸上，是一种令人心情愉悦的气息。

"不是。之前太能喝了，这才是问题，只是现在忍着罢了。"

"为什么，为什么？"

"我可以实话实说吗？"

"当然了！"

"那是因为，我……"

"……"

"我现在，怀孕了。"

话音刚落，只见曙瑛从座位上腾地站了起来，用手捂着嘴，匆匆地跑向洗手间，银也跟着曙瑛跑了过去。曙瑛和银可能没有听到我的话，小栗则不然。尽管小栗极力假装没听到，躲避我的视线，但我分明看到了她瞬间惊到的样子。虽然不是有意而为，但最终我算是和小栗分享了一个秘密。我担心曙瑛回来后再问起这个问题，这样可能会比较麻烦，于是我收拾手提包站了起来。小栗说要送我，也跟着站了起来，但我说讨厌自己被当成孩子，所以谢绝了小栗，独自出了咖啡馆。

在打车去往曙瑛家的路上，刚停了的雨又下了起来。隐藏在大气中的音量装置好像突然启动了一般，哗哗啦啦的雨水淌落下来，响彻整个雨幕。我失神地望着窗外，想象着白色梨花落满房顶的驿馆里的马厩，也想到了雨水哗哗向上蔓延的合井洞的大井，以及阿岘慢慢淋湿了的孩子墓地。我浮想联翩，慢慢感觉首尔就像是一个立体城市，在有形的真实事物上又叠加了一层无形的事物。这种感觉就像，走进了小时候亨利送给我的水晶球里的城市，随着观察角度的转变，水晶球内风景的轮廓和光的颜色也会发生相应的变化。

从出租车上下来时，已经是晚上十一点了，福禧餐馆仍然亮着灯，难得看见店里来了客人。福禧和一位五六十岁的男客人分别坐在不同的桌子上，以同样的姿势，喝着同样牌子的烧酒。在我看来，他们就像两个搭乘夜间火车的乘客，坐在被隔板隔开的车厢里。我打着雨伞,慢慢朝餐馆走去,在餐馆前面呆呆地站立许久,最终没有打开那扇门。

我转过身来。

经过二十七级台阶,我打开了那扇如同这个世界上最后一个出口的玄关门。一进入曙瑛的家里,我就背靠在了玄关门上。玄关门外的世界如同一个已安排好人物、剧情的摄影棚,像我这样的异乡人如果贸然介入,只会破坏它的完整。这种想法一直萦绕在脑海里,挥之不去。我在那里的角色,已经在很久以前,当我以法籍女子娜娜的身份生活时就已消失。不过说来也是,人们总是约定俗成地认为门外的世界是一个展开的平面四边形,正如一个真正的屏幕。

包里的手机嗡嗡地响起来。掏出手机,按下通话键,里面传来了熟悉的声音。在这期间感应灯灭了又亮,亮了又灭。屏幕外,我静静地等着丽莎开口。

8

"娜娜,我想拍摄一部有关我们家族起源的电影,作为我人生的最后一部作品。"

亨利第五十八个生日的那天,在有人捧着生日蛋糕出现之前,斜躺在床上的亨利如是说。我明白,亨利讲述的那部电影内容将会成为亨利·莫雷诺的遗言。"那是一个夏天……"亨利微笑着继续说道。我拉过亨利的一只手,用那只手抚摸着我的脸颊,就像一只尚未睁开眼睛的小猫。

在很久以前的一个夏天,三十一岁的亨利和三十三岁的丽莎,生活在一个阳光灿烂的世界里,就连路上的红绿灯和警示灯似乎也在为他们散发着光芒。早晨醒来,从窗缝里投射进来的圆锥形阳光,就像守护他们爱情的自然之光。那年初春,他们在圣米歇尔街道的书店里邂逅。那天,在书店的地下室里放映了亨利作为摄像工作人员参与拍摄的独立电影。当时还是中学数学教师的丽莎，是来观看电影的十一名观众的其中一名。

在和丽莎一起去尼斯旅行、遇到很久以前曾是电影俱乐部成员的同事之前，亨利一直坚信那光之世界就是爱的领域。

那个同事和亨利同岁。他写出来的剧本，有几处场景跟亨利以前创作的剧本内容相同，因此亨利在和他一起工作时，心里一直很不舒服。有一天，他突然消失了，连招呼都没打。后来听说他把剧本卖给了电影制作公司，同时他还通过一部长篇电影首次踏入电影圈，获得了圈内人士的一致认可。一天，亨利看到他从码头对面走过来，顿时僵在原地。对面的他也认出了亨利，笑着走了过来，并主动伸出手跟亨利握手。亨利一时忘记了身边的丽莎，只是板着脸看着对方聊着自己即将开拍的新电影。直到他离开，亨利才意识到身旁丽莎的存在。两人牵着的手已经放开，世界就像转暗了似的突然漆黑一片，亨利就像是发现自己赤身裸体的原始人一样羞愧，一直无法直视丽莎。

回到住处后，两人一直一言不发，最终丽莎打破了沉默。她说，如果你觉得我丢人的话，那我们分手吧。亨利恳切地低声道："求你了，丽莎，"他对背对着自己的丽莎坦言，"那一瞬间感到很丢人，这让我现在非常混乱。但可以明确的是，感觉你丢人的我，让我更加羞愧，如果这种羞愧是真心的话，那表明我依然爱你。"丽莎应该没有质疑亨利的真心。也许她从来都没有怀疑过。丽莎慢慢转过身来,第一次向亨利坦白了想要个孩子的想法。已经知道丽莎不孕的亨利,只是静静地凝视着她。看着她的眼泪,亨利意识到,黑暗迅速渗入了光芒渐弱的领域,但包容黑暗的爱之领域却正接近真心。那天晚上,他们做了两个决定:领养一个孩子;为她取名"娜娜"。"娜娜"是他们第一次约会那天,在巴黎郊外一个古老而破旧的剧场里观看的由让-吕克·戈达尔执导的电影主人公的名字。

◇

"娜娜,你就这样来到了我们身边。"

就在一个人的渴望遇到无法控制的嫉妒,从而导致两个人的爱情方式发生转变的时刻,我通过在郊外电影院上映的黑白电影,来到了他们的世界。亨利给我讲了我们家族的起源故事,当丽莎后来再次说起这个故事时,病房里亨利的表情、那满足的语气,以及说完后低头凝视我的湿润眼睛,再一次清晰地浮现在眼前。

手机那头,丽莎又说道:

"知道吗?你经历了种种偶然,以一种近乎奇迹的概率跟我和亨利相遇了。"

"……"

"就像新生命于你，你对于我和亨利，也是珍贵的存在。你要比任何时候都更爱你自己。不要太克制自己，娜娜……"

"……"

"娜娜，每当你隐藏自己的真实想法时，我和亨利都会感到心痛。"

"……"

丽莎的声音听起来像在耳边呢喃一般舒服，让我几乎感受不到距离。法国和韩国之间的时差仿佛瞬间归零，丽莎作为我的母亲生活过的这三十五年的岁月，被压缩成了一块薄板，每一瞬间似乎都发生在昨天。丽莎传达了自己的真心，现在轮到我和丽莎谈谈宇宙的事情了。首先是宇宙这个名字及其含义，还有宇宙来到我身边的时间及即将出世的日期，还有我来韩国的理由，这些我都一一做了说明。丽莎告诉我，如果回法国了，就到蒙彼利埃去迎接新生命，她会守在我身边。

直到通话结束，我才意识到丽莎尚未询问宇宙的生物学意义上的父亲。从五天前接到我电话的那天起，她应该做好了心理准备，为了给我勇气，她整理好了想说的话和不需要说的话。

感应灯亮了又灭了。我想起了一直做配角的日子，那时我只扮演了一些主人公身旁的路人甲角色。从舞台上下来后，我独自回到化妆室卸妆。那时，我经常想，如果亨利在生命终结之前，不能看到自己的电影在电影院上映的话，那么那个化妆室就正象征了我父亲的人生。我最后没能为他送终，因为亨利只想和丽莎单独度过剩下的时间。在五十八岁生日的第二天，亨利出院后，和丽莎一起回到了蒙彼利埃，在那里生活了一个月后就走了。

亨利走了。

亨利走了，意味着我和丽莎都结束了人生的一幕。我们再也回不到他去世之前的时光。我中断了在剧场当演员的工作，正式开始了创作，而丽莎向学校递交了辞职信，永久移居到了蒙彼利埃——既是亨利的故乡，又是最后跟他一起旅行的地方。在蒙彼利埃，她不再从事数学教师工作，而是做起了图书馆的清洁工作。在过去的五年里，她从未离开过蒙彼利埃，也没有缺勤或迟到过，每天过得很充实，下班后就去她经常光顾的餐馆吃晚餐——亨利年轻时曾在那家越南餐馆当过服务员。这样单调的生活日复一日，但丽莎曾说过，现在的她，比任何时候都过得要舒心。在巴黎时，我经常在脑海中想象那家她几乎每天都要光顾的越南餐馆。餐馆位于巷子尽头，门口挂着大红灯笼，各种香料味四处飘散。当一个孤独的高大女人走进去后，餐馆才像一个组装品一样，构成一个完整的空间；丽莎坐下就餐时，在餐馆，世界上的一个小角落里，她感受到了无限的自由。如果宇宙出生，我也会经常在那家餐馆吃饭。丽莎说让我去蒙彼利埃时的语气虽然很淡然，却让我无比安心。

一种我并非独自一人的安心。

9

"明天去见一名在职司机。他是我大学朋友的亲哥哥,听说他从去年开始在铁路部门担任司机。应该会有内部地址簿之类的资料,所以找到郑友植师傅的地址和电话号码只是时间问题。"

刚在 L 形的吧台坐下,曙瑛就对我说道。虽然对我来说,郑师傅依然像从无法抛锚的小船上远眺的都市灯火那般渺茫且遥远,但当我抬起头望着曙瑛时,还是配合她说这是个好机会。无论如何都要找到司机师傅,一心想完成这部电影的曙瑛,让我想起了亨利。我比任何人都清楚,这种热情不是谁都拥有的。

午饭时间到了,曙瑛穿梭于吧台里的冰箱和微波炉之间,给我做了一份放了西红柿酱和洋蘑菇的意大利面。西红柿酱中散发出一股工厂制作的标准味道,洋蘑菇没有熟透,咀嚼时发出咔嚓咔嚓的声响，但我依然很快就吃完了。曙瑛毫无戒心地笑着说，从没见有人像我这样津津有味地吃自己做的饭菜。很显然，两天前的晚上，曙瑛没有听到我的告白，我本想对曙瑛再说一次，但还是放弃了。我们每个人都是通过一个女人的孕育与生产而存在的，我没有任何理由隐瞒宇宙的存在，但我并不希望曙瑛因为我而更加疲累。

今天曙瑛要工作到晚上，于是我独自离开了咖啡馆。七月末的首尔移居到了夏日的中心，气温连日刷新最高值。炙热的阳光直射下来，树叶似乎达到了生长的巅峰，浓绿的叶子摇曳生姿。因为气温和湿度不适宜散步，所以我快步走向地铁站。

经过曙瑛家附近的水果店时，我看到了粉红色的软桃子，便想到了福禧。昨天，昨天的昨天，福禧餐馆的门一直关着，没有见着她。对我来说，福禧餐馆就是通往福禧世界的唯一通道，那扇门关着也就意味着关系的断绝。不过话说回来，我也没资格为这段关系感到遗憾。多亏了福禧，我吃上了曾经如此渴望的高粱煎饼，但自那天后，我就再也没去过福禧餐馆。经过餐馆时，我尽量动作幅度小一些，以免引起福禧的注意。如果福禧冉给我看那张照片，跟我扯东扯西，照片中孩子的过去就会被复原，如果是那类故事的话，我依然不想知道。

不知不觉间，福禧餐馆那歪斜的牌匾进入视线。又走了一会儿，看到餐馆的门敞着，门口围着几个人。就在这时，传来了救护车刺耳的警报声。我跑起来，一开始像是慢镜头画面一样慢慢跑，慢得难以置信，然后快了起来，最后几乎是拼了命地在跑。但无济于事，停在福禧餐馆前面的救护车，在我到达之前就发出嘈杂的声音朝大路驶去了。我停下脚步，站在那里，不住地喃喃着"福禧""福禧"。

◇

给福禧餐馆提供蔬菜的市场商贩告诉我，福禧被送往了综合医院。她来收拖欠的货款，结果发现福禧晕倒在地。

"不接电话，敲门也没有动静。我就有种预感，于是叫来开锁工把门撬开，果然不出所料，老人倒在了厨房里面的房间里。能怎么办？我马上打了119。"

她快速把话说完，然后对我说不要再犹豫了，赶紧去医院挂号吧。看到我惊慌失措地朝福禧餐馆跑来，可能以为我是福禧的女儿或侄女吧。我说我不是福禧的家人，只是福禧餐馆的客人，她的神情瞬间黯淡了下来。

"那怎么办，没有监护人的话，别说是手术，连住院都很困难……那你认不认识这奶奶的家人呢？"

我回答说不认识,她长长地叹了一口气,反复说着"怎么办""欠款怎么办",然后走向散去的人群。人们纷纷离去,福禧餐馆前顿时安静下来。看着桌子和椅子东倒西歪,杂乱无序的餐馆,我转身走出来,打了辆出租车。

下了出租车,我立刻赶向医院急诊室,但医院入口处非常混乱,而且禁止外部人员出入。正当束手无策之时,我看见了急救室挂号处。我向挂号处职员解释,我要找刚从梨泰院洞被救护车送来的患者,七十岁左右,不知道姓氏,名字叫福禧。然而职员马上回答说,没有叫"福禧"的患者,根据我的描述,那位老年患者不叫福禧,而是秋恋禧。

"秋恋禧?"

"是的,是秋恋禧。请问您和秋恋禧患者是什么关系呢?"

我哑口无言。对于福禧,不,对秋恋禧来说,我是谁呢?我为什么一口气跑到这里来呢?但在急救室挂号处最重要的,不是这样的疑问,而是与患者的确切关系。于是我撒了个谎。

"我和福禧,不,秋恋禧患者,住在同一栋楼里,她住在乡下的监护人拜托我来看一下患者的情况。请问可以探视吗?"

"您说是受监护人委托?"

职员反问了一句,翻找了一下文件,很快职员的表情变得复杂起来。估计医院职员还没有和福禧的监护人联系上,觉得只有先跟自称代理人的我说明一下，才有利于结算费用。正如我所预料，过了一会儿，职员递给我一张文件，嘱咐我要尽快把监护人带过来。

我在文件上签了字，走进急救室。浓烈的药品味道、各种医疗器械的杂音、患者痛苦连天的呻吟声……这些都让我精神恍惚。福禧——尽管她的正式名字是秋恋禧，但对我来说她依然是福禧——平躺在急救室最里面的床上，挂着人工呼吸器，床上的表单上写着患者的名字，还有"Stroke"的病名，即脑中风。我仔细看着福禧的脸，无论怎么看，她都不像一个脑内血管破裂的患者，而像是在熟睡一般，看上去非常平静。我把福禧卷起来的 T 恤衫拉了下来，又把床底下乱扔的塑料拖鞋摆放整齐。尽管我想为福禧做更多，但这里只有一张患者用床，我也帮不上什么。而且，我也没资格长时间待在福禧身边。客观来说，我只不过是在福禧餐馆吃过三次饭的客人。连她的名字都搞错了，在她的生活中，我只是个过客而已……

从医院出来，走在去地铁站的路上，我一直在想一个问题，真正的福禧是谁？忽然照片中的那个孩子的脸庞浮现在眼前。照片之外的她，大概跟我年纪相仿，即使她是多么"lucky 而又 lucky"的福禧，大概也已忘了在韩国的曾用名。我又想，她可能还不知道，在韩国还有人开了家福禧餐馆，那人一有空就会拿出她的照片来看。最后我又想到脑中风这个病名，以及市场商贩说如果没有监护人连手术都做不了，这些想法轮番扰乱着我的思绪，脚步也越来越沉重。

◇

回到曙瑛家后，为了准备晚饭，我打开冰箱拿食材时，看到冷冻室里的泡沫塑料盒子。我把盒子里的高粱煎饼盛到盘子里，放到微波炉里解冻后，拿到客厅，在桌子前坐了下来。当我夹起一个个高粱煎饼吃的时候，眼前浮现出福禧说话的表情，耳边回荡着她说话的语气，而且越来越具体，越来越鲜明。把小菜轻轻地往我面前推的福禧，满脸疲惫地仰头看电视的福禧，喝烧酒的福禧，把香烟和小菜送给比自己生活更艰难的老妇的福禧，健康地活着的福禧……

在吃最后一个，即第六个高粱煎饼时，我尽量久久地咀嚼，当最后一个也全部咽下去后，我从位子上站起来，再次出了玄关门。下到一楼后，我拉了一下福禧餐馆的玻璃门，稍微一使劲，拉出一条缝来。看样子开锁工因意外状况被吓到，忘了把门锁上。在餐馆的房东采取措施之前，门应该会像这样一直开着。

一走进餐馆，我闻到一股积压的空气散发出的熟悉味道。我想那是渗透在各种碗具、刀叉以及汤勺、锅类等烹饪工具中的福禧的体味。径直朝厨房走去。厨房入口没有安装门窗，不过厨房里冰箱旁设置了一个磨砂玻璃推拉门。那个商贩曾明确地说过，她是在厨房里面的房间里发现晕倒的福禧的。如果按照她说的，福禧的生活空间应该就在那个推拉门的后面。一打开那扇门，就看到一条通道，通道一侧是个房间，对着的是个洗手间。我对福禧不了解的地方又多了一点。我实在无法想象福禧是怎么在餐馆里面的空间生活过来的。

我脱下鞋，走进房间，打开荧光灯，灯闪了几下就灭了，不过放在矮搁板上的台灯一按就亮了起来。淡橘黄色的灯光照亮了整个房间，塑料衣橱和塑料收纳柜，以及挂在钉子上的破旧衣服，还有那扇叶坏了一个的电风扇等一一映入眼帘。台灯旁边，依次摆放着装在粗糙容器里的爽肤水和乳液、没有盖子的口红、沾满手印的镜子，以及连着充电器的折叠式手机。我慢慢环视了一圈，目光停在了一个地方。

是放在被子上的家庭账簿。我蹲下来，低头看着那本账簿。厚厚的账簿记得密密麻麻。福禧在账簿里最后一条记录是"福顺忌日"的备忘录，以及"年糕""绿豆粉""梨""苹果"等单词，还有几个潦草的数字。我马上在手机词典中输入"忌日"

二字。词典给出的解释是，忌日指人死去的日子，也是与死者有交情的人铭记其死亡的日子。因此可以推断出，一个名叫福顺的人和福禧交往甚密，最近某一天是她的忌日。当然，最意味深长的是，福禧、恋禧、福顺，这些名字各有一个字是重复的。难道这名字的模式是探索福禧过去的线索吗？我想有这种可能，突然感觉福禧的生活就像是一个巨大的谜。"谜？"我自言自语道，躺在被子上。从被子里散发出福禧的另一种味道，也许是汗水和泪水混合的味道。太阳下山了，但房间里的热气依然没有消退，窗外的虫子还在拼命地叫着。我静静地盯着泛着橘黄色光芒的低矮天花板，想象一个躺在地下棺木中，随着时间的流逝，逐渐凝固的孤独灵魂。那正是我的灵魂。当太阳升起，一个生命悄然逝去，变成一个光之粒子，而我的灵魂俯视着这一切……难道是因为这一点吗？

因为这一点，所以我想起了那个时期。

那些不停地思考死亡的日子。那是在我上大学时接受心理咨询之后的事情。虽然咨询时间只有三十分钟，但自那之后，三年时间里我都始终没有忘记咨询师说的话。据咨询师诊断，如果在我被抛弃到铁路之前，确实在一个难以承受的环境中成长，或被虐待的话，那么构成我的最早细胞，分明就是在悲惨的状况下形成的，这一想法支配了我的思维。也就是说，我只是一个在金钱往来或暴力的环境下，因为生理行为而出生的孩子，一个不受任何人欢迎的这个世界的不速之客……也许我一直都是这么认为的，咨询只不过是像一种导火索，将我努力装作不知道的可能性引向了确定性。

　　我之所以想当演员就是为了摆脱这种想法。在演戏期间，我可以作为他人过上一种不同的人生，这一点我非常喜欢。不，应该说舞台才是摆脱命运的唯一突破口。我虽然很清楚，在欧洲，亚裔演员成为主角的概率几乎为零，而且表演一结束，又会回到现实，然而如果连舞台的时间都没有的话，我会更难坚持下去。幸运的是，岁月一步一个脚印慢慢流逝，我也渐渐远离了那个只思考死亡的时期。我是这么相信的。虽然我深信不疑，但有时候，我会发现自己仍然生活在死亡的阴影之下，比如今天这样的日子。此刻，我突然想起医生说过的话，宇宙的肝脑马上就会成形，那时候，宇宙也能感受到我的感情。想到这里，我连脚尖都一起用上力，像是为了不让任何感情流入宇宙的身体里。我自然而然地将手握成拳头，手背的骨头也呈圆形凸起。在那种紧绷的状态下，我站起身来，突然听到肚子里传来蠕动的声音，随后掠过一丝极有实感的微动。我僵在那里，就像被意想不到的刺拳惊吓到的拳击手似的。蠕动的时间一开始很短，然后变长，从某一瞬间又开始逐渐减弱。我小心翼翼地侧身躺下,像一张弓一样,身体往里弯曲,我用两只胳膊环抱着肚子,这下感觉身体各个角落拧紧的螺丝一下子松开了。你活着的信号、敲响世界的叩门声,在我最需要的瞬间,让我感受到安慰的身体语言。

这是我的第一次胎动。

10

从电梯上下来后,我看到了站在售票处前左顾右盼的小栗,应该是接到我电话后过来接我的。平时总是中性打扮的小栗,今天穿了件系领带的白衬衫,搭配一件黑色裙子,总感觉像是头一次见似的,非常陌生。我没有打招呼,而是走过去直接说:"你今天看起来和平常不太一样哦。"小栗不好意思地笑着说,每次穿剧场的制服自己也觉得别扭。

我本不想妨碍小栗的工作,但最终还是妨碍了。小栗已经把自己的工作拜托给了其他同事,抽出了半个小时左右的时间。我跟着小栗去了楼顶。楼顶上有一个装饰成庭院风格的单独休息空间,小栗说她经常来这里。我们并排坐在栏杆旁的长椅上,悠闲地聊着最近的天气、我今天要看的电影的大众口碑,还有小栗现在的售票工作。沉默了一会儿后,我问她为什么那么痴迷于拍电影，甚至把自己的生活费也全都贡献出来。我记得曙瑛之前讲过，如果拍电影的话，不仅导演，工作人员也得一起筹钱。曙瑛和小栗都没有正式工作，她们都是一边打工一边拍非商业电影，而刚退伍的银也未确定就业方向，还在彷徨中。所以，即便数额不大，对他们来说也是一个不小的负担。

"那是……"

可能是觉得有些难为情，小栗挠了挠后脑勺，然后表情坚定地回答道：

"那是因为……电影结束的时候，不是片尾字幕上都会打出名字嘛。我很喜欢那一瞬间，是一种活着的感觉吧。尽管挣不到钱，即便挣到了，也都花到了拍电影上，不过至今为止，因为电影似乎所有一切都得到了补偿。当然，我也不知道这种状态能维持多久。"

小栗的话让我想起了福禧餐馆的牌匾。对福禧来说，那家餐馆既是工作单位，也是她一生最终抵达的、只属于她自己的居住地。给这家倾注了她所有劳动、财产和时间的餐馆刻上"福禧"二字，是不是就宣告了她活着的意义呢？"她活着"，在对我来说是福禧，但在正式场合是秋恋禧的她看来，这一行为就是证明自我存在的方式吗？她由此从苦难的生活中获得补偿了吗？

"过得还好吧？"

小栗向沉浸在思考中的我问道。小栗可能是在担心我的健康吧。我回答说："我一点都不辛苦，一切都很平静。虽然韩国之行是一时兴起，但我一点都不后悔。我不需要任何人的帮助，会顺利地度过，准备大概九月回法国生产……"像是让她明白不需要为我担心似的，我语无伦次地解释道。小栗注视着我，说让我不要太客气，导演和工作人员有保护演员的义务，如果需要帮助，随时提出来，不，是必须得那样做。她以特有的坚定表情说道：

"我知道您可能是怕给我们添麻烦，才一直这么小心翼翼，但如果曙瑛姐和银前辈了解情况的话，也会和我说同样的话。"

小栗说得如此坚定，此时我才慢慢承认其实自己一直想听到这些话。快到电影放映时间了，我们从楼顶走下来。在进入放映厅之前，我远远地看着回到工作岗位上的小栗，看着那个确认票据、为观众介绍位置的身影。其实龙山区就有很多影院，而我偏偏来钟路区看电影的理由，就是想向能客观看待此事的他人讲讲福禧的故事。因为我一直无法决定，是应该参与到福禧的人生中去，还是就应该像一个连她名字都不太清楚的名副其实的他者一样，对她身边发生的一切视而不见。我在韩国交往的朋友只有曙瑛、小栗和银，小栗比曙瑛更成熟些，也比银更适于当烦恼的诉说对象。小栗或许还不知道，今天她的一席话提醒了我一个非常重要的事实，那就是，如果福禧是介入我人生中的演员，那我也有保护她的义务。保护，这也是亨利和丽莎，还有郑师傅对我采取的态度和行动——面对一个生命不会视而不见，而是将其拥入自己的生命……

突然有一群人拥向小栗那边，她忙碌起来。我静静地望着她，突然想起了什么，翻了翻手提包，找到一周前医院送的手册。我打开手册，在空着的胎名一栏，慢慢地写下了"小栗"二字。宇宙来到这世界之前，就像是小栗子树一样的存在。可能是对这个胎名很满意吧，我再次感受到肚子里的胎动。在第一次胎动之后，宇宙经常向我提醒自己的存在。

◇

这段时间，福禧从急诊室转到了重症监护室，又转到了普通病房。对我还有印象的前台职员告诉了我一个消息：前几天秋恋禧的监护人来办理了入院手续。可能职员以为是我联系了监护人，病人才办好住院手续，所以跟第一次相比，告诉我病房号码时的表情非常温和。虽然还想咨询更多信息，尤其是福禧的病情，但因为前台拥入很多人，我只好说了句谢谢就转身离开了。

住院楼位于急诊室的对面。福禧的病房位于十三楼,是个双人间。进入病房时,我发现靠门的床空着,只有福禧一人在靠窗的床上躺着。我一步一步地走近福禧。福禧身上挂着多个透明或不透明的管子,其中一个连着尿袋。因为亨利也曾这样躺在病房里,所以我并不觉得陌生。连接鼻子和胳膊的管子,分别输送食物和药物,而从肚子底下的线排出尿液,这也是很久以前了解到的。"进入我身体的,和从我身体里排出去的,竟这样一目了然。娜娜,我好像成了入口与出口分明的圆筒状单细胞生命体。"亨利说着,不好意思地笑了,他的笑脸清晰地浮现在眼前,像昨天才见过一样。

此时有一位护士拿着新病号服走了进来,她对我的到来表现出极度的欢迎,问我是不是患者家属。当我回答不是家属,而是认识的邻居时,她一脸遗憾。她是个表情丰富,看上去有些稚嫩的护士。

"秋恋禧患者现在怎么样了?"

我焦急地问道。不自觉地向前帮着一起给福禧换病号服。

"主治医生说了,即使做了手术,醒过来的概率也很低。而且,听说患者已事先签了拒绝延命治疗的文件,所以就没法实施心肺复苏术了。您看人工呼吸器也摘除了。这种情况的话,坚持一两个月都很难。"

"那么,这一两个月谁来照顾患者呢?"

"这个我也不太清楚。为患者考虑的话,最好是搬到疗养院或是临终关怀病房。但监护人可能觉得这个过程很麻烦吧,自那天来医院后,就再也不接电话了。"

"监护人,是家人吗?"

"不是直系亲属,听说是妹妹。"

听护士说,秋恋禧的妹妹(名字不叫福禧)办完入院手续后马上去了护士室,表示需要用秋恋禧患者的死亡保险来报销住院费,让医院好好准备资料,并全权委托医院里的护工负责看护,随后便匆忙离开了医院。护士接着说,像这种情况,医护人员很是为难。在没有监护人或专属护工的情况下,失去意识的患者单独留在病房,这总让人放心不下。所以需要有人守着病房,哪怕只是检查呼吸状态,也能防止患者在无人陪护的情况下孤独地离去,没想到护士会向初次见面的我倾诉这么多。

护士拿着从福禧身上蜕下的表皮一样的病号服走出了病房。我低头看着福禧,观察着患者的呼吸状况和死亡前兆。这并非单纯的探病或暂时性保护,而是意味着承担起见证一个生命离世并告知其亲属的责任,这和证明宇宙来到这个世界的作用相反……

真奇怪，一想到宇宙，瞬间内心不再犹豫，决心更加坚定。我跑出病房，叫住护士，她转过身来，我急切地说："我一有空就来看望秋恋禧患者。"或许是生怕不快点说出来的话，会改变心意。护士听了很高兴，嘱咐我如果发现患者气息异常，随时呼叫医护人员，就离开了。

再次回到福禧身边，整理凌乱的床单，这时我想起了嫩豆腐汤、腌萝卜面条和高粱煎饼的味道。那些既刺激又包裹着我的舌头、消化器官，以及内心某个部位的味道……回头想想，福禧给我做了好几次饭菜。我长这么大，从未有人对我的饮食这么关心过。福禧做的食物样样都很好吃，让我深切感受到这里就是我的故乡，我的娘家。如果福禧奇迹般地醒过来，问我为什么在这里，我会跟她罗列这些食物，告诉她仅此就足以让我守在这里。因为那些食物滋养了你，构成了你的血，你的骨。

◇

从医院出来后，在返回曙瑛家的公交车上，我看到一个和我年龄相仿的女性，她胸前绑着一个婴儿背带。我不自觉地朝她那边走去，在她前面站住，低头看着背带里熟睡的婴儿圆圆的小脑袋和胖嘟嘟的脸颊，不觉间和她对视。她主动大方地搭话，说孩子五个月了。我想象着一年后的宇宙，不由得嘴角上扬。她温柔地打量着我，问了一句"第几周了"，把我吓了一跳。薄薄的 T 恤衫下我的肚子只微微凸显，不留意的话根本察觉不到。我回答已经十七周了，她有些担心地说，跟日子比起来，肚子不是那么明显。过了一会儿，她又像亲密的姐妹似的，劝我一定要多吃点。

"也不能提重的东西吧？"

我也像她一样坦诚地问道，她说这是最基本的。

公交车很快驶到了曙瑛家附近的车站，我跟她和她的孩子打了招呼，下了车。沿着上坡路走了一会儿，走进曙瑛家所在的巷子里时，看见一个熟悉的老妇拿着电饭锅从没有亮灯的福禧餐馆里走出来。正是福禧曾给过香烟和小菜的老妇。她放在餐馆门口的车子里，已经乱糟糟地堆了许多锅和碗碟。在主人生病期间偷拿东西，即使是朋友，分明也是一种犯罪行为。我有些不悦，快步走向老妇，此时耳边突然响起老妇喊"福禧呀"的声音，就又想到福禧在听到有人喊"福禧呀"时自然而然地从座位上站起来欢迎老妇的样子。

她明明是"恋禧"，为什么叫她"福禧"呢？她周围的人都认为她是福禧吗？如果我问她的名字，她会向我介绍自己是福禧吗？虽然很好奇，但只要福禧不醒，这些疑问就永远无法找到答案。此时老妇已经离开了福禧餐馆，餐具堆在一起发出的叮叮当当的声音也渐渐远去。我并不想和她计较。福禧剩下的时间只有两个月左右了，福禧的妹妹似乎没有继承遗产的资格。这些用了很久了的厨房用品看起来似乎不能算作遗产。

  我走进福禧餐馆，熟练地打开了厨房里的玻璃门。这时，手机铃声响起来，一直响个不停，但我不能随便接听。如果问起我是谁的话，我不知道怎么回答才合适，解释起福禧现在的状态也让人非常疲惫。任凭铃声继续响着，我在房间和洗手间来回走动，把福禧穿的内衣和毛巾装到包里，还带上了牙刷和牙膏。虽然我预感到，可能不太需要内衣或毛巾，消耗品最终不会被消耗，但我还是努力在想福禧会需要些什么。我拿起不知不觉间已变得鼓鼓囊囊的包准备出门时，刚才挂断的电话铃声又响起了。我呆呆地站在那里，低头看着福禧的手机，暂时陷入了沉思，这个时间谁会不停地找她呢？

11

医院走廊里的灯大多关闭了，饮料自动售货机如星星一样发出淡淡的光芒。曙瑛走近自动售货机，汇集在那里的灯光四处飞散，硬币掉在地上的声音听上去也比平时更大。过了一会儿，曙瑛拿着盛着咖啡的纸杯走过来，递给我一杯。我站直倚靠着墙的身子，忍着咳嗽，喝了一小口咖啡。好久没喝咖啡了。在昏暗的走廊的一端，曙瑛和我你一口我一口喝咖啡的声音就像涟漪一样远远地扩散开去。

刚才曙瑛把过去五天发生的事情一五一十地讲给了我。故事从曙瑛在大学朋友的哥哥那里，拿到了包括大多数已退休司机联系方式的内部地址簿开始。

拿到地址簿之前，一直等得十分焦急，但真正拿到之后，却发现并没有郑友植这个名字。起初曙瑛有些不知所措，但马

上就调整好心态，从名单上找出六十岁以上的司机，试着挨个联系。但实际操作起来并不容易，有人已换了号码，还有的干脆就是空号，好不容易打通了，又不知道该从何说起。"您认识郑友植师傅吗？您有没有听说他一九八三年在清凉里站铁路上发现了一个小女孩？'郑문주'这个名字听说过吗？"曙瑛能做的只是简单介绍拍摄中的电影，之后抛出事先准备好的这几个问题，而那些人的态度大多不太亲切，回复内容也很不明确。有人非常不开心，说已经不是司机了为什么要问这些问题，也有人追问是怎么知道他们电话号码的。每结束一通电话，都要听一下音乐，特意调高音量，以缓解内心的尴尬和难为情。要不就放弃吧？！每当心头突然涌上这种想法时，曙瑛就会想起为了出演这部电影而从法国千里迢迢来到韩国的演员，想到那个演员毫不畏惧地走上铁路，打开纸板时的毅然表情。曙瑛实在是无法放弃。不，是不想放弃。经过数十次的尝试之后，终于找到了一位认识郑师傅的人，那一刻已经疲惫不堪的曙瑛不禁发出了欢呼。

他叫崔昌龙，跟郑师傅是前后辈关系，他们一起工作了很长时间。他还记得郑师傅在铁路上救下那孩子的那一天。当时他还是个新手司机，大概是一九八三年的某一天，郑师傅把一个哭得很伤心的小女孩带到了站里的值班室，是个又小又瘦的孩子，因为郑师傅还得去值班，所以其他司机还买来零食和玩具来安抚哭着的孩子，他确信有这么回事，他缓缓地说。曙瑛双手捧着手机，哽咽着说了好几次"谢谢"。这既是向电话那头没有忘记那天的崔昌龙师傅的致谢，也是想向多年前救下一条生命的郑师傅传达谢意。

"那，您能告诉我郑师傅的联系方式吗？"

情绪稍微平复之后，曙瑛小心翼翼地问道。接下来是一阵沉默，她感觉心脏快要爆炸了。

◇

崔昌龙师傅说，郑师傅五年前因病去世了。听到这一消息，我感受到一股与这个夏季背道而驰的强烈寒意。肩膀自然地往里缩，还咳嗽了起来。我需要一个假想演员来演绎我的孤独，于是试着把孤独投射到这个想象中的演员身上，在这个炎炎夏日，她慢慢结冰上冻。但这次我没有成功，有时候习惯并不能随心所欲。我把头靠在墙上，等待着这穿过现实突然来袭的寒冷可以尽快过去，这时曙瑛从自动售货机买来了两杯咖啡。

即使喝了热咖啡，寒意依然没有退去，大概因为那是在心底深处生成的寒冷吧。咖啡喝到一半，我才注意到曙瑛一脸担心的表情。她又说，从崔昌龙师傅那里打听到了郑师傅的骨灰堂地址，等我做好了心理准备，可以随时过去，到时她会陪着我。听完我勉强笑了笑。过了一会儿，她说，虽然这个意外的消息让人感到绝望，但她依然带着一丝担心和期待，向崔昌龙师傅提了这样一个问题……

"郑师傅给他在铁路上救下的那个孩子取名为'문주'，您知道吗？"

崔昌龙师傅回答说，时间太久远了，名字记不太清了，但确定的是郑师傅照顾了那孩子将近一年，因为经常从他那里听到关于那孩子的成长过程和趣事。当时，崔昌龙师傅觉得很欣慰，但有时也会心情复杂。据崔昌龙师傅讲，那时郑师傅已和一个女人（后来成了他的妻子）订下婚约。一个三十一岁的适婚青年，把一个非亲非故的失踪儿童带回家照顾，他母亲、未来妻子，以及妻子的家人不可能会欣然接受。崔昌龙师傅也曾建议他，在举行婚礼之前，应该把孩子送到专门的机构里去。

我对郑师傅当时要结婚的事情毫不知情。也是，以我当时的年龄，不可能会察觉并理解大人们的计划，不过现在倒是很好奇，就像杰玛修女推测的那样，他是否打算婚后安定下来，就说服妻子正式领养我呢？他是否想象过有一天我会和他的亲生孩子亲密相处呢？可能吧。可以说"郑문주"这个名字本身

就是那种心意的证明。然而……

然而，这一切只不过是一种可能性而已。他从我生命的银幕里淡出之后，就再也没有出现过，而且从五年前开始，他再也不能出现在世界这个银幕里了，现在已经没有证据可以证明他的真心。

永远。

"总之，有一点可以确定。"

崔昌龙师傅声音坚定地继续说下去。

"当他了解到清凉里站没有接收到失踪儿童报案后，也就是确定不会有人来寻找这个孩子之后，郑大哥就开始谨慎地选择要是不值班的日子，他就去调查孤儿院，不仅是警察局指定的孤儿院，声誉不错的孤儿院他也暗自去调查。那个年代，虐待儿童的无证孤儿院依然很多，在报纸上经常可以看到相关报道。他不想把孩子送到那种恶毒的孤儿院里，为此郑大哥可以说是煞费苦心。"

听到这话，曙瑛稍微松了一口气。

过了一会儿，曙瑛再次向崔昌龙师傅说明了一下自己的电影，并表明如果可以的话，希望他可以接受采访和拍摄。崔昌龙师傅说他退休后过起了务农生活，经营了一个小果园，农活繁忙，脱不开身，他觉得去见见郑师傅的妻子也合乎情理，可以让我联系一下，并告诉了曙瑛电话号码。

和崔昌龙师傅通完话后，曙瑛立即拨通了那个号码。郑师傅的妻子说不太愿意上镜，委婉地拒绝了，正好通话时她的大女儿就在身旁，大女儿对拍摄倒是挺感兴趣，因此约好了拍摄时间，明天上午十点，在曙瑛工作的合井洞咖啡馆里。

"不是有那种情况吗？就像照片折起来的那部分，展开后才发现那竟是整个场景中最重要的那一部分……明天的见面也可能是这样一个过程吧。"

在长长的谈话过后，曙瑛这样说道。我只是连连点头，我能做的似乎也仅此而已。

◇

我和曙瑛从椅子上站了起来，并肩走向电梯。在电梯里，曙瑛说她听到我在看护福禧餐馆的奶奶时，非常惊讶。对于和福禧多年为邻但依然很生疏的曙瑛来说，这情有可原。我简单地向她说明了和福禧的几次交流情况。这时电梯下到了大厅。

"我个人觉得，如果仅是在那个餐馆吃过三次饭的话，不需要这样连续两天守着病房，偶尔来探望一下足够了……"

曙瑛说道，语气里充满了不解。她的不解，我能理解。有时我也不敢相信自己会这么做：守着福禧的病房，观察她的状态，留意她的呼吸。

"对了，那个奶奶的名字，应该不叫福禧吧？我见病房里写着其他名字。"

在医院门口，曙瑛歪着头问道。

"我也觉得很奇怪，她的本名叫秋恋禧，可为什么小区的其他奶奶叫她福禧呢？而且那个餐馆的名字为什么叫福禧餐馆呢？"

"难道是女儿的名字？"

"女儿？"

"在韩国，在商号中加入本人或子女的名字，是很常见的事情。我们上一代人还会用子女的名字来称呼女性。在我小时候，我妈妈就经常被小区里的人叫作'曙瑛'。'曙瑛啊，过来一下。''曙瑛你去哪儿啊？'"

"……"

曙瑛好像没有察觉到我剧烈的情绪变化，她淡淡地说完后就走在前面，穿过大厅。

曙瑛走后，我在医院大厅里的电视机前坐了很久，我又想起了照片里的那个孩子。福禧是不是说谎了？她是不是把亲生女儿送到比利时给人领养后，又觉得很丢人，所以没有对周围人实话实说。那么，她的女儿是不是也跟我一样，在办理了领养手续后，就像传送带上的行李一样，一直转个不停，之后接受养父母的选择。倒是有一条线索。照片中孩子的外貌……我也知道那样的外貌在韩国非常少见，很难融入社会。"面对偏见，没有自信抚养孩子"这样的借口，也可以成为选择送去领养的理由。

我虽然不愿想象，但有一些画面却浮现在脑海里：照片里的孩子在比利时某个国际机场，因为受惊而环顾四周的场景；在陌生的家里从噩梦中醒来的场景；即使在非常幸福的时刻，也会唤起被抛弃时的不安与痛苦的场景。这样的场景，我可以罗列出很多。回头想想，福禧对那个长得像我的孩子说了"感谢""抱歉"之类的话。我知道这句话的属性。"感谢""抱歉"这样的话，是把自己的孩子送去领养的父母最常使用的借口。

电视上正在播放新闻。新闻主播的中低音听起来像异国语言一样陌生，而肆意蹦出来的专业术语，偏偏今天完全听不懂。不过说来，的确是异国语言，我明显是待在异国他乡。说什么娘家，我不禁哑然失笑。这个国家和这个国家的人抛弃了我，我人生的八成时间都是在法国度过。福禧那样的人……我在心中讥讽道。福禧那样的人，我亲生母亲那样的人，对于一个生命，她们没有守护和养育，而是选择了逃避和抛弃。她们和收了手续费后卖掉孩子的孤儿院院长、领养机关职员那样的人有什么不同？这里个个都是这样的人，到处都是这样的地方，为什么？！为什么？！

我为什么来这里，为什么，在这里……

我的身体不由自主地向前倾斜，身子蜷曲成一团，低头盯着地板。半晌，我腾地一下站起来，步履蹒跚地穿过大厅，坐上电梯，经过走廊。到了福禧的病房，我猛地推开门，灯也没有开就径直走向靠窗的床边。

"为什么把真正的福禧抛弃了？"

在我自己听来，质问的声音都有些冷漠，福禧却仍然像熟睡的人似的，安然地均匀呼吸着。如果使劲摇晃她的肩膀，感觉她会一脸茫然地醒过来，抬头盯着我。也许我会冲着睡眼惺忪的她，失魂落魄地大声恳求道：请您回答，不是抛弃，只是暂时寄养，本打算再接回来，可是已经太晚了。

我马上收拾好手提包，像是被人追赶似的走出了病房。今天晚上没有心情在病房里陪护。也许，再也不会怀有那种善意了。

◇

从医院出来，走在回曙瑛家的路上，凝聚在白天空气里的热气流淌到了夜晚，虽然并未弄乱我的一丝头发，我却感觉如同行走在暴风中一样,一直跟跟跄跄。走了约三十分钟,我不知不觉间到了福禧餐馆门前。福禧餐馆的灯还亮着,门前停着一辆熟悉的手拉车,是老妇的手拉车。餐馆里,老妇独自坐在桌子旁,就像平时的福禧那样坐在那里喝酒。

打开餐馆的门,老妇看都不看我一眼就自言自语道:"今天不营业,请走吧。"我没有在意她的话,径直在她对面的椅子上坐了下来,她这才抬起头来,神经质地说道:

"为什么坐下了,都说了不营业。"

"那您呢?没有主人的允许,您为什么坐在这里?上次我还见您从这里偷走一些锅碗瓢盆。"

福禧餐馆的锅啊碗啊跟我没什么关系,我也不想和老妇吵架,我的声音却很尖锐。

"偷?我拿走我的东西算偷吗?"

"您的?"

"福禧跟我说过,如果自己发生什么意外,让我把餐馆里的东西,锅啊,冰箱什么的,都拿去卖掉。听到了吗?福禧把这里的东西都转让给我了,全部都是我的!"

"福禧?你说这个餐馆的主人叫福禧?不,她不叫福禧,叫秋恋禧。"

"什么?"

"那我来说说福禧是谁吧，福禧是秋恋禧的女儿，秋恋禧把女儿送到比利时找人领养，抛弃她后就忘得一干二净。现在却用那个名字开餐馆，可怜巴巴地假装在等待，不是吗？"

老妇没有回答，而是直勾勾地盯着我。在弥漫着沉默的空气中，她和我的视线错综复杂地交织在一起。过了一会儿，她拿来一个新的烧酒杯，给我倒了一杯酒。

"福禧，这个餐馆的主人生了孩子又送养，你是这个意思吗？"
她的声音柔和了一些。

"不知道你从哪里听到的谣言，据我所知，福禧没有孩子。"

老妇紧接着说。我问她确定吗，她像是听到饶有兴味的话，突然身体倾向我这边，反问道："确定？"

"竟然问我确不确定，像个法官似的在问话。我是听说过一些事情，福禧在二十二岁还是二十三岁时结的婚，嫁人后很快生了个女儿，可孩子没到周岁就没了。在那之后，想尽办法都没怀上孩子，结果被丈夫和婆家人赶出了家门。可是……"

"……"

"这都是五十年前的事情了。一晃五十年了，我都不记得跟哪个家伙有过怎样的孽缘了。一天喝得酩酊大醉，在一个好山好水的地方睡了一觉，醒来一看，世人都叫我老太婆。所以就只能二选一了，不，只剩下一个了。要么再喝醉，从梦里醒来，要么一直睡下去，不再醒来。"

没想到老妇竟然这么能说会道。她是个什么样的人呢？不，她有着怎样的人生经历呢？没想到现在我竟对老妇产生了好奇心。

别人怎么称呼她呢？

"孩子……"

一连喝了两杯烧酒后，老妇又开口道：

"孩子，她养过，不过是别人生的孩子，这事儿三楼你不是也知道吗？"

"那么，那个'别人'……是福顺吗？"

"喂，三楼，你看我是会在意名字的人吗？名字有什么重要的，叫狗屎又怎样，叫金佛又怎样，该死的。"

"……奶奶，您也知道我的一些事情吧？"

"你不就是住在三楼吗？因为住在三楼所以我叫你三楼。对吧？三楼，不是吗？"

"还有呢？您还知道些什么？"

"我还知道福禧变了。一个老人家开个餐馆，就是消磨一下时间。有没有客人，她根本不在意，把赚的钱都赔进去了。但自从三楼你来了后，她脸上有了活力，这瞒不过我的眼睛。就算骗得了鬼也骗不了我。"

老妇说着，歪着嘴笑了。不，我想她可能是笑了。明明听到笑声了，脸看上去却像是在生气，看起来像是在忍受着身体上的疼痛似的。或许是因为深深的皱纹和掉得稀稀拉拉的牙齿才显得那样吧，又或许是因为太久没有笑容，脸部肌肉僵硬了。

不知从何时起，老妇开始一言不发，莫名地望着空中。过了一会儿，她把杯中剩下的烧酒一口气喝下，然后将椅子往后一推，站起身来。对着打算不辞而别的老妇，我问，为什么不去医院看看。

"反正去了，她也认不出来，干吗要去呢？"

"……"

"知道吗？我是赚一天过一天的人，如果一天挣不到钱，那么第二天就要挨饿。死一点都不可悲。活着，活着才令人抓狂。"

"……"

"如果她走了，你给我个信儿。"

"……"

就像下最后通牒一样地说完后，老妇离开了餐馆。虽然她消除了我因失望而逐渐加深的误解，但关于福禧的事情，她并未对我和盘托出。应该是这样的。在我提起福顺的名字时，老妇脸上僵住的神情我看得清清楚楚。我想，如果想要进一步了解福禧、恋禧和福顺这几个名字背后的故事，就必须得再见一次那个老妇,这时我才意识到还没有问那个老妇名字以及名字的含义。美顺、贤淑、贞美、英玉、慈惠、金顺、兰熙……脑海中罗列出一个个适合老妇的名字,想着想着,我也像福禧那样轻轻地低着头看着面前的透明烧酒杯。

背后传来已非常熟悉的电话铃声,我慢慢回过头来。不知不觉间我已从椅子上站了起来,打开了磨砂玻璃门,进入福禧的房间,我在心里暗自打了个赌,最终在那场打赌中我输了。在我的手碰到福禧的手机之前,铃声一直在响。

我屏住呼吸,按下了手机的接听键。

12

郑师傅将我送到拿撒勒孤儿院之后,在一九八三年冬天结了婚,膝下有一儿一女,儿子和女儿相差两岁,算是拥有了一个幸福美满的家庭。他的母亲,也就是让我享受到高粱煎饼味道的那个人,难以忍受丧子之痛,在前年搬回了故乡江原道宁越,过着近乎隐居的生活。词典里对"宁越"地名的释义为"轻松地跨越",这也讽刺地说明了宁越多高山和湍流的地理特征。

"所以,到现在还没有跟奶奶说'분주'姐姐的事情呢。奶奶不怎么接电话,就算是接了,耳朵不太好也听不太清楚。如果有话跟奶奶说,最好见她一面。去一趟宁越的话,得空出一天的时间。"

坐在对面的郑师傅的大女儿说道。比起她话中的重要信息,

她称呼我"문주姐姐"的这一点更让我在意。这个称呼既触动了内心，又没有留下冲突的痕迹。她叫"문경"，三十岁出头，是名英语教师，弟弟好像叫"휘경"。"문주""문경"和"휘경"，这三个名字中各有一个字是重复的，这种结构我已经熟悉了。

"'문'是指纹路，'경'指阳光。一定要解释的话，大概意思是'阳光的纹路'。弟弟的'휘'字用的是指'耀眼'的'辉'字，名字的意思是'耀眼的阳光'。是的，没错。我们的名字都是爸爸给取的。"

在纹景认真说明的时候，曙瑛给她拍了面部特写，我的视线自然也落在纹景的脸上。纹景，这个名字似乎并非一种隐喻，她的脸上确实散发着一种光芒，我无法从这张应该遗传了郑师傅长相的脸上移开视线。我小心翼翼地接着问道：

"那么，我名字中的'문'也很有可能是指'纹路'，你有没有听父亲说过？"

"这个，没……"

"看来没……提到过我啊。"

也许是看到了我失望的表情，纹景摇着头，坚定地说道：

"从小就听爸爸和奶奶无数次说起姐姐。但是，他们对话中提到的名字不是'문주'，而是'孩子'，所以我也是现在才知

道那个'孩子'有着和我相似的名字。"

"孩子？"

"是的，一直都是称呼'孩子'。比如，'那孩子很喜欢吃这个。''那孩子应该遇到了好心的父母。''那孩子现在应该嫁人了吧？'……"

我笑了。纹景好像有些尴尬，也跟着笑了。我一边笑，一边想着见到纹景后得知的不好的和好的事情；郑师傅根本没有正式领养我的想法，不过他一直记得我。对于这两个相反的事实，我一如既往地淡然。

我想变得淡然。

"再过两周就是暑假了，我正打算去看望奶奶。到时候我一定会问她取'문주'这个名字的原因。"

"我等你的消息。"我答道。一想到不久后我的感觉和记忆里最初的居住地就要揭晓了，我似乎理解了奋力奔跑后，却在终点前精疲力竭的赛跑选手的虚无感。那是一种难以名状的虚无感。

"高粱煎饼……"

我打破短暂沉默，再次开口道。

"什么？"

"高粱煎饼,一到下雨天奶奶就做这种食物,纹景你应该也吃过吧?"

"啊,我都吃腻了。"

"见到奶奶,能不能帮我转达一下,我非常怀念奶奶给我做的高粱煎饼。还有,如果可能的话,请问问奶奶还记不记得我在铁路上被发现时穿着什么衣服或拿着什么东西等,我很想知道。还有……"

"……"

我停顿了一下,用力吸了一口气。坐在对面的纹景静静地看着我。

"还有,我之所以能活到现在,多亏了奶奶当年按时喂我吃饭,因为忘不了当时那种食物的味道,所以怀着身孕坐飞机来到了这里,这些话也一定帮我转达一下。"我接着说。

纹景睁大了眼睛,曙瑛和银张着嘴巴对视了一眼。不管怎么说,此时最惊讶的人应该是曙瑛。纹景笑着向我表示祝贺,银也很快面色如常,但曙瑛仍一脸茫然地看着我。过了一会儿,传来了曙瑛喊"咔"的声音,声音里夹杂着一丝微弱的颤抖。

拍摄结束后,纹景小心翼翼地走过来,在镜头之外好像还有话要说似的。

"我能抱一下你吗?"

"……"

"每次我出远门,回来后爸爸都会给我一个拥抱,今天我是替爸爸来的。"

"……那么,你能抱一下我吗?"我反问道。

纹景笑容满面,张开双臂拥抱了我。纹景的呼吸像白砂糖一样香甜,她轻拍着我后背的手掌也十分轻柔,说"谢谢你回来看爸爸"的声音也一直柔和地萦绕在耳畔。直到此刻,我才意识到我已在纹景身上发现了他的痕迹。

在纹景的怀里,我抽噎起来。

◇

纹景走后,小栗和银聊起了咖啡厅周围不错的餐馆,曙瑛一直在我身边徘徊,似乎有好多话要说。我知道拍摄的日子大家要一起吃饭,不过有个地方要去一下。我跟曙瑛说今天有事不能一起吃饭了,听我说完,她望着我,感觉马上就要哭出来了一样。

"你又要去医院看护那个餐馆奶奶吗?"

"去医院之前还要去一个地方。你担心什么呢?"

"医院里有很多病菌。"

曙瑛的眼眶慢慢红了，她身旁的银开始数落起她来，说还有很多人在医院上班呢，瞎担心什么。我握住曙瑛的手，宽慰她说我是因为喜欢才去的，所以不用担心。她这才轻轻点了点头，视线停留在我的肚子上。

我拿上手提包，走出咖啡厅，直接打了辆出租车。位于城北区的儿童福利院收到一封福禧等了十年的信。这是昨天晚上听到的消息。

昨天晚上，我走进福禧的房间，刚接起电话，一个年轻男人便一个劲儿地发起了牢骚：几天打了几十次电话，怎么现在才接，想着深夜会不会接电话，下班后也不停地打，看来得申请夜间补贴了……这个人不停地说着。通过这种开玩笑和夹杂着担心的聊天方式，我猜他和福禧应该很熟络。

"您好，我只是帮她接电话的人……"

我好不容易才插上话。他惊讶地问我是谁，我告诉了他福禧的情况，电话那头传来数声叹息，他声音沉郁，问了医院的名字以及医生的意见。

然后，他给我讲了一个长长的故事。

他说自己是儿童福利院的工作人员，他跟"秋恋禧奶奶"（按照他的表述）认识已经大约有四年了。很明显他就是那个曙瑛提到的，问她福禧餐馆位置的儿童福利院工作人员。从十多年前开始，秋恋禧每个月都会来一次福利院，拜托他们寄信，收信人是被领养到比利时的白福禧。按规定，未经养父母的允许，不能把住址和电话号码告诉亲生父母或委托母亲，因此秋恋禧只能通过福利院来邮寄信件。在福利院，秋恋禧很出名。即使没有回信，长期以来，她依然一如既往地坚持寄信，这种情况很少见。不，只有她一人。况且，她还不是白福禧的亲生母亲。文件上白福禧的亲生母亲是白福顺，秋恋禧只不过是委托母亲。

从很久以前，也就是从他入职儿童福利院，接手秋恋禧寄往比利时的信件这项业务之前，秋恋禧每次寄出的信件几乎都被退回来，而且从未收到过回信。可能是因为白福禧发生了什么事情，也有可能是养父母有意把信件退回。福利院方面无法知道具体原因。不，是本身没有那种能力。对于在福利院登记的养父母地址及电话号码，福利院从未求证过其真实性，更未更新过，那些只不过是很久以前文件上的记录而已。

然而，就在上周，竟然收到了白福禧的来信。福利院的人都不敢随意拆开信件。那封信必须由秋恋禧领取并第一个阅读。

"现在才回信，太心痛了！"

工作人员叹口气。他非常伤心，我问他我能否代领这封信。他犹豫片刻后，说可以把信转交给我，但条件是，让我把给恋禧奶奶读信的场面拍成照片或视频发邮件给他,我同意了这个条件。即使他不提这个条件,我也会想方设法向他证明我已把那封信传达给了收信人。

不知不觉间,我已经到儿童福利院前面了。

我掏出手机给工作人员打了个电话,然后焦急地等待着。

13

亲爱的恋禧：

你好吗？

过得怎么样？身体健朗吗？

清晨醒来写下这封信，此时此刻的我感到无比茫然。我不太善于用文字表达感情或想法，而且还不是用法语，用英语感觉就更难了。我之所以用英语写信，不仅是因为我的韩语几乎全忘了，还因为在我的记忆中你是会一点英语的。我还记得，那个到处都能听见混杂着英语和韩语的小区……你现在应该不住在那里了吧？！

一九八七年，我离开韩国，一晃三十多年过去了。我都四十岁了，你也有七十岁了吧。这三十多年来的种种，一封信如何写得完呢！不可能啊。尽管不可能，我还是尽我所能把想说的话都毫无保留地写出来。

恋禧，首先，我想从你肯定不想听到的故事说起。

我在比利时过得并不幸福，像我这样的孩子大多如此。我在被领养的家庭里时常彷徨，也未能得到应有的关爱。在成长的过程中，我一直在困惑"我是谁"这样一个问题，其实现在也经常如此。领养虽然拯救了被抛弃的我，但也夺去了我最重要的东西。越觉得在比利时的生活不幸，我就越痛恨你。也许正是因为我还记得从你那里得到的关爱，所以就更难以原谅你。现在我依然清楚地记得，你带我去儿童福利院的那天。那天，跟养父母有一个形式上的会晤，尽管所有人看着我都面带微笑，但我感觉自己像是在接受考验。那尴尬的气氛，之后那一气呵成的领养手续，无数的材料，出境和入境……那时的我非常害怕，也很孤独，你却一直回避我，出国那天，你也没来机场送我。我并没有做好心理准备，去理解你做出这一选择的理由，我也不确定我是否真的想见你。

说实话，从十多年前开始，你寄的信件我从未拆开过。每次去养父母家时，都会收到你的信件，但每次我都放在一个旧箱子里，之后就忘得一干二净。几年前，养父母搬到其他城市后，就再也没有收到你的来信了，我也自然而然地接受了这一切。

直到最近，我才从箱子里拿出那些曾经忘却的你的来信，一封一封地读起来。

我在三个月前做体检时，发现右侧胸部有一个肿瘤。做完超声波检查，医生建议做一个组织检查，做完组织检查之后，需要一个月等结果。那一个月就像是检测我耐心总量的一次测试。在时间仿佛完全停滞的那一个月里，我读起了你的信件。也只能如此。没想到这块肿瘤竟然让我领悟到，多亏你当年收留了我，我已经享受过一次幸运了。因为你的爱与劳作，我的生命已经延长过一次。一个三十多岁的年轻女性，照顾我的母亲，还养育了我，你那份惊人的献身精神我从未忘却。

每次读你的来信都得花费几个小时查词典，翻译。不知不觉间，这样的时间对我来说成了缓解不安的休息时光。在我快读完所有信的时候，检查结果已不再重要。我已经确信，我要向你转达我的感激之情，我不能再逃避自己的真实内心，也不能再拖延这份心意了。

恋禧，希望你收到这封迟来的回信后会开心。

尽管迟了，但我想说，我想和你见一面。见面后，想从你身上了解我更多的人生。我不知道再说些什么，但请记住，这些都是我的真心。

附：如果能得到你的理解与允许，我想去韩国见见你，想和你一起去给妈妈上坟。我记得牵着你的手去过那里几次，你现在应该还记得那个墓地的位置吧！我想让妈妈看看现在的我。

我在这里留下我的手机号码。

◇

"现在可以了吧？"

略显稚嫩的护士问道。我点了点头，护士走过来，把手机递给了我。我把白福禧的来信翻译成韩语，读给福禧，不，是读给恋禧的视频——因为福禧本人出现了，所以现在她对我来说是恋禧了——应该保存到了手机里。

护士一边不停地喃喃着"奶奶是个好人，好人就该长寿啊，赶紧好起来吧"，一边揉捏着恋禧的胳膊和腿，我默默地望着小护士，提着恋禧的尿袋出了病房。我以最慢的速度经过走廊，在洗手间的马桶里把尿袋清空，再次回到病房时，护士已经离开了，来了一个五六十岁的临时护工。我站在几步远的地方，看着那位护工忙活——她脱下恋禧的病号服，换上新的尿布，用湿毛巾擦拭恋禧的身体，从脸部开始，经过脖子，到皱纹层叠的胸部和肚子，再到性器官。虽然看他人的裸体有些尴尬，但想到那个身体就是我有朝一日到达的终点，就感觉似乎没有什么忍受不了的痛苦了。

护工离开后，我抓起恋禧的手。虽然恋禧把视如亲生骨肉的孩子送走了，我对她却讨厌不起来。我更用力地握住了她的手，似乎能做的就只有这个了。长满老年斑的手背，骨头突出的手关节，不管谁看了都会认为是一双上了年纪的人的手，这双手却非常小。"真小。"我自言自语道。真不敢相信，她就是用这么小的一双手劳动了数十年。养育白福禧，照顾白福顺，为我做食物，真是难以置信。我把那双未经修剪、指甲长长的小手小心翼翼地塞进了被子。

走出医院，我想应该给白福禧在信中留的号码打个电话，跟她说清楚恋禧的状况，然后告诉她，以现在的情况，恋禧无法带她去祭拜白福顺。把这些不幸的消息传达给她，对我来说，就像是一次被拖延的作业。"墓……"我又轻轻念了一遍，再次想起白福禧在信中写下的句子。恋禧曾牵着年幼的白福禧的手，去过那个墓地几次，因此很有可能那个墓地离她们三人居住的地方不是很远。如果想去白福顺的墓地的话，就得首先打听到，当年恋禧和白福顺一起养育白福禧的家在哪里。知道这一信息的人当中，我唯一能接触到的，想来想去就只有"她"了，于是我收拾好手提包，走出病房。我加快了脚步，打算去福禧餐馆前等她。

14

"一天,她一声不吭地离开了梨泰院,一走就是二十年,然后就失联了。听说好像在天安市的保健所工作了很久,在不知是群山市还是哪里的一个需要坐船才能到的疗养院里工作过一段时间。后来,又不声不响地回到这里开了家餐馆,以前连饭都不会做的人,一把年纪了却开了家餐馆。真是好笑啊!"

说着"好笑"的时候,老妇真的笑了。现在我才看清她那张笑脸。她笑的时候,嘴唇不歪斜,脸部肌肉也不扭曲,不过眼睛更亮了,颧骨也自然高了,一副天真的脸庞。我还是第一次见她这种表情。

刚才老妇滔滔不绝地讲述了恋禧的故事。关于恋禧的故乡、战争后改变的生活条件,以及失去弟弟和女儿的痛苦……虽然并未提及有关白福顺或白福禧的事情,但想到平时老妇那漠不关心或带有攻击性的态度，能讲这么多已出乎我的意料。直到后来，也就是当我切身体会到恋禧比我想象的还要孤独之后，我才理解了那晚的老妇。在她看来，我可能是这个世上为数不多记得恋禧的人，一个记得她的生命历程、能够回忆并悼念她的人，在她生命终结时最迫切需要的他者……

"白福禧您知道吧？就是'福禧餐馆'的那个福禧。恋禧奶奶不是等了她很久嘛。"

老妇讲了一阵后，我给她倒了杯酒，好不容易开口问道。我在想，就像我提起白福顺时一样，老妇对白福禧这个名字可能也会有些抗拒。我看到，在她瞟来的眼神中，泛出一道模糊的光芒。因为光芒太模糊了，不管怎么打量，那个眼神的味道都让人难以捉摸。

"知道白福禧的电话号码后，今天给她打了电话。白福禧说半个月后来首尔。可是……"

"……"

"可是，白福禧想去拜祭一下自己的亲生母亲，说这是自己的心愿。所以……如果您知道白福顺的墓地在哪里，请告诉我。不，您必须告诉我。恋禧奶奶应该也希望您这么做。"

"什么福顺啊，福南啊，你怎么知道我会知道她的墓地？"

老妇反问道，突然声音变得十分尖锐。和我对视后，她喝光了杯中剩下的烧酒，然后用手掌使劲揉了揉上眼皮。

"……我要走了，困啦！"

老妇突然从座位上站起来，明明因为醉意身体摇摇晃晃，但还是拉走了餐馆的两把椅子。那是她的今日份恋禧遗产。这样一看，福禧餐馆的椅子和桌子没剩几个了，厨房里摆放餐具的地方也空了好多。我到厨房拿了两个平底锅，放在老妇的车上，又把绳子缠紧，防止椅子掉下来。老妇站在手拉车前面留心观察着我的一举一动。

她拉着车子渐渐走远。在拐角处，她突然转身看向我，我下意识地摆了摆手，她在原地呆呆地站立良久，一动不动。由于与她隔得较远，天又昏暗，我看不清她的表情。

◇

我从老妇那里听说了恋禧的一部分人生经历，于是现在可以想象出很多场景。关于恋禧，我可以想象到的最遥远的场景是这样的：

空中警报轰鸣，人们纷纷跑出家门，大街上人头攒动，空气中笼罩着一股恐怖的氛围。孩子的哭喊声，家畜的叫声，四处弥漫着的刺鼻的炸药味，坦克和轰炸机的轰鸣声，令人不安的空气以及大步逼近的死亡警告……在恋禧三岁那年，这些支配着首尔这座城市……在尸体成堆的战场上，恋禧的母亲生下了儿子。孩子虽然平安降生，能守护那个孩子的大人却很少，世间缺少一个保护网。为了躲避征兵，恋禧的父亲只看了一眼刚出生的儿子便匆匆离开了首尔，后来再也没有回来。战火并未像大家期待的那样很快就熄灭。恋禧的弟弟出生只三个月就夭折了，应该是在营养不良的状态下，因某种并不致命的疾病而死。弟弟离开人世时，恋禧只是个连死亡和睡觉都分不清楚的孩子。母亲紧紧地抱着弟弟放声痛哭，哭得嗓子都哑了，恋禧悲伤地注视着这一切，但当时她还不理解那个姿势的含义。

三年后，战争终于结束了，不久后，恋禧的母亲再婚。第一次婚姻里，丈夫的不负责任以及儿子的死亡这种悲惨的结局已经让她身心俱疲，于是她希望尽可能地远离这场失败的婚姻。母亲再婚后，恋禧寄居在母亲重新组建的家庭里，在成长过程中，她又目睹母亲拉扯大和新丈夫生的两个孩子。在那个新家里，恋禧从未感受到家庭的温暖，也从未真正成为那个家的家庭成员，这一点从现有资料上既是恋禧的监护人，又是保险受益人的妹妹的态度上可以充分推测出来。直到成年后，恋禧才摆脱了母亲。那时她白天工作，晚上读护理专业学校。之所以选择护理学，大概也是为了尽快地独立出来，养活自己吧。从事护士工作后没多久她就匆匆结婚了,这应该也是出于同样的理由。至于婚后的生活,已经听老妇讲过了。恋禧在二十二岁或是二十三岁时结了婚,后来在刚满周岁的女儿夭折后就再也没有怀孕,然后便被丈夫及丈夫的家人抛弃了……

走出福禧餐馆,登上通往三楼的楼梯,我意识到自己再也不能回避那个场景了。在那个想象的场景中,恋禧抱着死去的女儿,表情却异常镇定、冷静。那是只有在瞬间失去希望或欲望的人才会有的面孔。她感受到女儿的血液渐渐冷却,肌肉渐渐僵硬,应该又回想起了失去弟弟时母亲的痛苦。命运一次次地夺去了亲人的生命,面对自己如此不幸的人生,她应该完全丧失了斗志,长久以来对生活的失望使她不得不举手投降……

在遇到白福顺和白福禧之前,恋禧应该跟大学时代的我一样,拥有着相似质感的时间,这一点毋庸置疑。那是一种不知自己为何出生,只是随波逐流地生活,内心深处接近绝望的黑暗时间。因此,恋禧并没有无视生病的白福顺以及白福顺的女儿白福禧。不,应该是无法坐视不管。她们令恋禧想起了自己没能守护住的两个生命,并且还让她下定决心,再也不会让任何生命孤独冰冷地死去了。对恋禧来说,生命既是一种安慰,也是一种救赎。

现在对我来说,秋恋禧这个名字已经不再仅仅指代在福禧餐馆里劳作的老年女性，而更是一个在梦想幻灭后又怀揣梦想，自己受到伤害后为了不让别人受到同样的伤害而竭尽全力的、真实无比的人物形象。秋恋禧，一九四八年生，白福禧的第二个妈妈……

◇

第二天早上，儿童福利院的工作人员打来电话。在接到这个电话之前，我还不知道白福禧和我的情况并不相同。虽然白福禧和我只差两岁，几乎在同一时期被领养到海外，但她准确地知道亲生母亲是谁，谁养育了自己，而且这些信息也都有记录，白福禧拥有出生记录这一我不具备的文件。

挂断电话，我去了趟儿童福利院，工作人员将出生记录的原件复印了一份给我。虽然出生记录只有被领养人的家人或亲戚才有权限阅览，但工作人员认为恋禧和白福禧的情况是个例外，所以把复印件给了我这个第三方。早上，工作人员打来电话，告诉我已经收到了在病房里拍摄的视频，当时他还不知道白福禧就要来韩国了，更不知道她想去白福顺的墓前拜祭。我寻思着白福顺的墓地应该就在梨泰院附近，对我的推测，工作人员表示怀疑，他告诉我白福禧被领养之前的居住地应该有文件记录，让我去趟儿童福利院确认一下。我感觉到他也想帮助白福禧实现拜祭亲生母亲的愿望。

在儿童福利院空无一人的会议室里，我慢慢读着白福禧的出生记录。出生记录上不仅记录了有关白福禧的基本信息，还记录了白福禧的出生、成长过程。包括当时还是护士的恋禧和怀有身孕的白福顺在保健所初次相遇的经历，以及恋禧照顾白福顺生产、她们共同抚养白福禧的故事。另外，通过出生证明可以确认白福顺在十八岁时怀了白福禧，而此时恋禧三十岁。然而这上面并没有记录白福顺的死亡原因和葬礼程序，关于白福禧的生物学上的父亲也只标明了其职业，并没有用来确认身份所需的名字、年龄等信息。我最关心的领养理由一栏，也只是简单地写着"环境变化"和"身边人劝告"，我知道这其实是一种有意隐去真心的形式上的记述。文件下端有秋恋禧的签名，显然恋禧是在确认过信息后填写的出生记录。

"恋禧奶奶可不是个普通人，在那个时代是少见的勇士！"

工作人员说道。他拿着一杯给我的饮料走进会议室。我从文件上移开视线，诧异地注视着他。

"用英语该怎么说来着？啊，对了，Military camp town，基地村，就是为军人提供各项服务的小镇。根据出生记录，可以了解到白福顺在基地村工作过，白福禧生物学上的父亲是个美国军人。现在说起基地村，人们可能觉得那是个毫无特殊之处的玩乐街区。但在二十世纪七十年代就不一样了，当时一个工作稳定的单身女性，和一个曾在基地村工作过的女性，两人组建了一个替代家庭，这是非常罕见的事情。"

"替代家庭？"

"就是一种并非因婚姻和血缘关系而形成的传统意义上的家庭，他们共同持家生活，可以说更像是一种家庭共同体。恋禧奶奶，就是那个家庭的家长角色。"

工作人员继续介绍着白福顺生活时期的基地村，在他快要说完时，我又读了一遍恋禧填写的白福禧出生记录。

从儿童福利院出来后，我坐地铁去了合井洞，我没有信心独自去寻找白福顺的墓地，况且时间也十分紧迫。现在距离白福禧回国只有十天了。十天之内，我一定要找到白福顺的墓地。到了合井洞，推开咖啡馆的门，看到曙瑛正站在吧台里边全神贯注地倒着咖啡，我有很多话想对她说。

15

朝鲜战争结束后，美军继续驻兵韩国，在驻地周围逐渐形成了一个可供消费的城镇，"Military camp town"翻译成韩语即"基地村"。

"然而，直到二十世纪九十年代初期，'基地村'在韩国几乎是个禁忌语，一般韩国民众很少提及这个单词，就像被集体催眠了似的。我也是这次查阅相关报道后才了解了一些情况。基地村对韩国人来说，不仅是一个带有性色彩的词汇，还带有一种迫于强国的屈辱感，所以就更加隐晦了。"

曙瑛在一旁不时地做着讲解，可能提前做了两天的调查。曙瑛提议，首先要找找白福顺在生下白福禧之前工作和生活过的地方，于是我们来到梨泰院站后面，在一片住宅区穿街走巷。在合井洞的咖啡馆里，曙瑛读着白福禧出生记录的复印件，表示自己想要为寻找白福顺的墓地尽一份力。她还强烈地表示，想把这一过程用摄像机记录下来，因为这不在预定的拍摄计划之中，所以也就少了小栗和银的帮助，先只用一台摄像机拍摄下来，之后再做后期编辑，使之融入电影中。如果拍摄顺利的话，我们寻找白福顺墓地之行的内容，将用在电影的后半部分。反正在纹景联系我之前，也没有其他拍摄计划。假如纹景忘记了我的请求，我们无法再次见面的话，曙瑛的电影也许就会以未完成的方式告终。

"在去恋禧奶奶家之前，白福顺工作过的俱乐部应该就在这附近。"

听完曙瑛说的话，我停下脚步，环顾了一下四周。刚才经过的那条有超市、土耳其餐馆以及换钱所的街道，难道是一个通道？我们仿佛走过了一条不透明的长长通道，展现在眼前的基地村旧址，有一种首尔任何区域都无法比拟的荒凉。

曙瑛说，这里距离梨泰院站步行虽然只有十分钟的距离，但在过去的三十多年间，这一区域完全没有被开发的痕迹。这么看来，在不远处的梨泰院站周边就有很多华丽的餐馆、连锁咖啡店，以及来此消费的人群。进入二十世纪九十年代之后，随着美军人数减少，部分军队转移到了其他城市，首尔曾经最繁华的商业圈——基地村就慢慢被时代遗忘了。

越往巷子深处走，就越发荒凉，这让我想起了巴黎郊区移民者和不法滞留者聚居的贫民窟。放下卷帘门的商店，打破了窗户的房子，压低的帽檐，驼背走着的男人们，妆容华丽却衣着寒酸的女人们，墙壁上喷绘的涂鸦，街角堆积的垃圾堆……这些都是我所知道的贫民窟的风景。

据儿童福利院工作人员介绍，直到二十世纪九十年代初期，在这里工作的女性受到政府的保护，尽管如此，她们依然被人们彻底孤立了。虽然大部分韩国人都承认她们的工作很有必要，却并不尊重她们的人格，尽情地无视她们，随意对待她们的孩子，理所当然地认为那些混血儿的存在是种耻辱。而恋禧作为护士工作过的基地村保健所，可以说是集中歧视她们的地方。保健所的医生和护士都忌讳触摸她们的身体，在她们来保健所做性病检查或孕检后，工作人员会对医疗器械进行大规模消毒。当她们中有人被美军指控可能患有性病时，就会被送往与私立监狱无异的收容所监禁几天，这也是保健所职员的工作。

恋禧就是在这种歧视成为日常的工作场所，与被歧视对象白福顺超越朋友关系，成了家人。无论是帮助白福顺生产，还是收留白福顺并一起养育白福禧，都需要不小的勇气。亨利和丽莎接纳我这个不同肤色的人，把我当成家人，大概也需要同样的勇气吧。

"休息一会儿再走吧？"可能因为担心我，曙瑛轻轻地望着我的肚子问道。

宇宙有十九周了，我的肚子已经十分明显了。我和曙瑛走进一条狭窄的巷子，把手提包铺到水泥台阶上，坐了下来。曙瑛说她在网上下载了这一地区三四十年前的一些图片，然后把自己的手机递给了我。英文牌匾，穿着迷你裙晃着啤酒瓶的女人们，两名揪着领口扭打在一起的健壮美军，一个抽着烟表情像是瞬间忘却自我存在的女人……这些照片甚至还传达出了流行歌曲、香水味道以及凄凉的歌声等照片之外的某种氛围。福利院工作人员说，当时这个地方的女人们都起珍妮、凯西这种发音容易的英语名字，或是吉妮、妮基这种分辨不出国籍的名字。白福顺也是珍妮或凯西吗？她也像无数的吉妮们和妮基们那样梦想着与美国军人结婚，移民到美国吗？

"没有亲身经历过那个年代，很多事情虽无法断定，但根据查找的资料，可以知道当时和美国军人结婚的例子并不多见，美国军人一开始就没把基地村的女性当作结婚的对象。也许正因如此，这一地区未婚妈妈的比例比较高，领养个案也很多。总之，那个年代女人独自抚养孩子的环境比现在恶劣多了。尤其是混血儿，养育环境就更加残酷。"

听着曙瑛的讲述，我再次低下头仔细翻看着一张张照片。

这时起了一阵风，风打着旋儿，吹乱了头发。首尔的炎热似乎有所缓解，之前感觉直射到头顶的大太阳现在温柔多了，浓度曾达到顶点的绿树，颜色也确实淡了不少。夏天过后，在即将到来的秋天和初冬这段时间里，宇宙要是能安守婴儿的本分顺利成长的话，今年年末或明年年初，我就能和他见面了。时间是公正的，它从不歪曲事实，也不耍心计，这既让我安心，又令我心生慰藉。

此时，突然传来一阵婴儿的哭声，曙瑛和我茫然地对视了一眼，不知谁家的孩子在哭，无法确认准确的位置。这时我突然冒出一个想法：难道白福禧出生在这个小区？好奇心陡然而至。虽然很有可能，但并不确定。出生记录上只写着白福禧出生的日期和领养时的居住地，并没有记载她的出生地，因此白福顺也有可能是在保健所或恋禧家里生下了白福禧。我能确定的只有一点，即恋禧"接生"了白福禧。她小心翼翼地从白福顺流血的双腿间掏出白福禧，用热水擦掉婴儿身上的血水和胎脂，帮她剪掉脐带。福禧这个名字是什么时候起的呢？是谁提议从"福顺"和"恋禧"两个名字中各取一个字呢？现在……

现在，这些都已无人知晓。

白福禧生于一九七八年，当时贫穷就像木板房一样无处不在，人们早已习以为常。接生了白福禧的恋禧是否一边抽泣，一边低语:"这种世道还有孩子出生……"当她把脐带还未愈合的白福禧放在刚刚生产完的白福顺身边,白福顺低头看着自己的女儿,那一刻,一种无法言喻的情感或许涌上她的心头,而当时恋禧应该守在她身边吧。两名母亲和一个年幼的女儿组成的家庭就这样诞生了,我确信这个共同体极其纯洁而美丽。白福禧正如她的名字一样,算是一个"lucky 而又 lucky"的孩子,至少是在领悟到歧视和悲伤之前……不,从白福禧出生的那一刻起,恋禧和白福顺应该就预感到,与韩国人长相不同的白福禧会遭到怎样的歧视,又会感受到怎样的悲伤。她们在不安的同时,应该也十分清楚白福禧所面临的未来。

"所以说福禧餐馆的恋禧奶奶不是白福禧的委托妈妈,而算是另一个妈妈。可是,将白福禧视为己出的她为什么要把女儿送给人领养呢?出生记录上写的原因应该不是全部吧。"

待婴儿的哭声变小时,曙瑛问道。

"如果是因为那么简单的理由就抛弃的话,现在也不会一直等了。"

"那么,难道是为白福禧考虑?"

"……说不定那台摄像机会告诉我们更准确的答案。"

等我说完,曙瑛看了看自己的摄像机,又看了看我,点了点头,像是赞同似的。

白福顺在生下白福禧四年后就死了。那年,白福顺只有二十二岁。十七岁时流落到基地村,遇到了白福禧的亲生父亲,第二年就当了妈妈。过早地认识了这个社会的她,抛下了自己的女儿,以及身后漫长的人生路,匆匆地离开了这个世界。白福顺的葬礼结束之后,恋禧回到家中,低头看着熟睡中什么都还不懂的白福禧,反复琢磨着自己当初要守护她的决心,然而那个决心并未坚持到永远。白福禧的成长让恋禧的内心起了波澜,这一点毋庸置疑。恋禧应该是意识到,自己的保护能力有限,她不能完全阻止这个世界对日渐成长的白福禧产生的敌意。领养这种制度就像螺丝一样慢慢钻进恋禧那颗柔弱的心。领养瞬间完成,无法挽回。

将白福禧送走后,恋禧就离开了梨泰院,后来在天安市和群山市附近的岛上生活。虽然无人可以做证,但我能想象出她从保健所或疗养院下班后,回到空荡荡的屋里,打开灯,在黑暗中露出来的那张脸。那是一张比从前看上去更加疲惫的脸庞,是被孤独侵蚀、一点点老去、不断往心坎上添加伤口的脸庞……一晃二十年就这样过去了。

然后某一天,恋禧整理了之前的生活,回到了曾经与白福禧一起生活过的地方,开了一家与原来的护士工作毫不相关的餐馆。应该是怀着临死前能再见一次白福禧的念头吧……既是恋禧的工作场所，又是其居住地，同时还是能证明自身存在的福禧餐馆，可以说也是承载着恋禧愿望的另一种意义上的信件吧，因为它还是白福禧不仅是白福顺的女儿，还是恋禧的女儿的证据，同时又是证明所有过往并非一场虚无的唯一事物。

因为白福禧是秋恋禧的宇宙……

16

　　和曙瑛从旧基地村回来后的那天晚上,我病了,发烧,身体像快要化了似的极度疲劳,眼睛睁不开。那几天可能太累了,最让我担心的还是肚子的疼痛,肚子比平时看上去更凸了,摸起来也比平时更结实。那天回来后早早就睡下了,但曙瑛家的床一直刺激着我的后腰和双腿,十分不舒服。

　　睡不着觉。

　　随着时间的流逝,我那一向认为一切都会过去、我能扛得住的乐观勇气也越来越不足。然而令我真正害怕的,并非冰冷的疼痛,而是宇宙的隐身处可能会坍塌的不安感。"不要远离我,哪里都不要去,不要丢下我一个人,拜托了……"我双臂环抱着肚子自言自语道,这时手机铃声响了。我腾地一下坐了起来,几乎是从地板上爬过去,双手紧紧握着从包里掏出的手机。

"拍摄停了一周了,看看你过得怎么样。"小栗在电话那头说道。我清楚地记得小栗说过,导演和工作人员都有保护演员的义务,需要帮助时可以随时向他们请求帮助。于是我没有打招呼,直接向小栗说明了我的身体情况。

小栗和曙瑛分别乘坐出租车赶到了梨泰院。查看了我的状态后,她们在网上查了有急诊的妇产科医院,然后叫了出租车。在车里,曙瑛一直握着我的手,因为那股温暖,我才有勇气抵抗恐惧。

进了急救室,立马做了超声波检查,医生诊断说,因为过度疲劳,只是暂时出现了疼痛症状而已,好好休息一下就没事了。我决定遵照医生的意见,在病房输液,一直待到次日早晨。小栗第二天要去做兼职,所以先走了,曙瑛则留在了我身边。我感到很对不起曙瑛,虽然感到不好意思,但我最终都没能说出"不用担心,你回去吧"这样的话。我不能这样做。

因为我需要她。

"可以问个问题吗?"曙瑛问道。

这时病房里的灯熄了,病房那头的走廊也静下来,曙瑛盖着毯子在狭窄的辅助床上躺了下来。我说:"你不用这么拘谨,什么都可以问。"我朝曙瑛这边翻过身来。

"我想知道……"

"……"

"我一直很好奇,为什么确定是铁路呢?"

"确定?"

"也可能不是被扔到了铁路上,而是在清凉里站附近徘徊时,不小心走到了铁路上。三四岁的话,可能还意识不到铁路是个危险的地方。如果一开始就断定被抛弃在铁路上的话……"

"……"

"儿时的自己就未免太可怜了。"

一阵沉默。

我没有作声,摆正身子,仰望着天花板。

这么一想,铁路确实只是我被发现的地方,并没有人目击到我被抛弃的过程,而发现我的郑师傅又不在人世了。再加上,不仅那天的事情,那天之前的一切我都不记得了,所以铁路之外的风景就属于无法说明的领域了。

在很长一段时间里,我一直在想象一些画面:我和生母一起沿着铁路走着,不知何时我松开了她的手;她把我丢在铁路上,逃向远方的模糊轮廓以及我哭花了的小脸蛋;火车紧急刹车的声音以及一把将我抱起来的司机师傅那安心的呼吸声……而这些就像坐在观众席上,远远地抬头观看的舞台或屏幕的画面一样……

　　就像曙瑛所说，断定自己被抛弃在铁路上，有一种让我自我怜悯的力量。然而，自我怜悯就像遍布生命表层的幽暗深坑，即便有人不小心踩空掉进去，也不会有谁永远待在里面。虽然我也曾沉浸在与孤立如影随形的自我怜悯中，但我从未喜欢过那种内心状态，一次也没有。铁路，也许是我为了憎恨亲生母亲而构筑的观念空间。那种憎恨应该不是单纯的憎恨，而是一种杜绝了一切理解和原谅的纯粹的憎恨。如果是被抛弃在铁路上这个无情的空间里，那她纯真的恶意也就留在了那里，我因而无须承担去理解和原谅的责任。也许我一直靠着讨厌她的力量活着，这是因为我害怕自己理解她的窘迫，从而原谅她曾抛弃了我。在首尔的一个妇产科病房，这个我人生意外的空间里，我终于明白，我一直都想寻找哪怕一丝能复原亲生母亲的线索，但同时也毫不妥协地在对她的憎恨中走完了人生的一段旅程……

　　曙瑛大概是累了，不知什么时候已经睡着了，打起了微弱的鼾声。我出神地低头望着曙瑛滑出毯子的双腿，然后伸手整理了滑向一边的毯子。疼痛和疲劳完全消失了，我抬头望着天花板，天花板上，清凉里站的铁路在无限延伸着。可能是感觉到身处陌生的地方，那天晚上，我和宇宙辗转反侧了许久。

◇

第二天，十点多我才睁开眼睛，曙瑛已经走了，她躺过的地方放着一张便条，上面写着：因为有约，只能先走一步了。想到曙瑛那么忙还要来医院陪我，又在不舒服的床上睡了一晚，我就觉得我的存在是个累赘。不过一想到未来会有回报这份好意的一天，心中的内疚就会有所淡化，至少是一种安慰吧。其实，我来韩国后构想了一部新作品，引子已经完成了，不过这些还没有跟曙瑛讲。作品讲了一个法籍韩裔被领养人和一个去法国旅行的韩国老年女性——在她年轻时，曾将未婚生下的女儿偷偷送养到巴黎——偶然相遇，一起度过了一天的故事。她们虽然不是母女关系，但通过对方想象着自己妈妈或女儿的样子，享受着忘年的友情。不，是一种超越友情的情感交流……剧中韩裔被领养人的韩国名字叫曙瑛。如果有一天这部剧能搬上舞台，我想邀请曙瑛和小栗，可能的话甚至连银也一起邀请到法国。虽然不能提供飞机票和旅行经费，但我可以提供我的公寓，解决他们的食宿问题。晚上想给他们看一下他们感兴趣的亨利的电影。电影结束后，我们会一边喝着冰凉的啤酒，一边笑谈着在韩国的日子。

到那时，宇宙长多大了呢？是否平安出生，健康成长了呢？决定把宇宙称为"宇宙"的那一刻的夏日的风景，风的方向，树叶的颜色，以及云的形状，是否都已转告给他了？我所期盼的仅仅是宇宙的健康和平安，但我也担心有人会说我贪欲太多，所以总是十分伤心。尽管我知道我周围没有人会说这么残忍的话，但是我总感觉那个声音像浓云密雾一样笼罩在我的未来的上空，所以我时常害怕未来的日子。

会诊医生观察了我的情况，说在监护人来接之前，可以在病房里多休息一会儿。如果我回答没有监护人的话，医生的表情估计会很复杂，所以我只回答"知道了"。中午时分，我在吃医院提供的营养餐时，一名刚分娩的产妇被推进了病房。那个产妇的丈夫和父母，以及公公婆婆都跟着走了进来，双人病房里一下子挤满了人，他们一直说着鼓励的话语，每个人都笑逐颜开。我一边吃完营养餐，一边想象着亨利抚摸着我头的手掌。"娜娜！"我感觉只要我慢慢抬起头，会看到他那双蓝灰相间的眼睛在默默地凝视着我，一次次呼唤我的名字，"娜娜，娜娜。"声音很柔和，只要我显得孤单时，他总会这样呼唤我的名字，如果他还活着。

下午的时间流淌得很慢。

傍晚时分，办完出院手续从医院出来后，我没有去曙瑛家，而是坐地铁去了清凉里站。再一次，也是我人生最后一次，想把清凉里站铁路上的风景印刻在脑海里。

17

从傍晚流淌到晚上的这段时间,清凉里站的站台上非常安静。

拍摄开场镜头时看到的拥挤熙攘的景象,已如同梦里的风景一样遥远。除了在五号线和六号线上各停着一辆火车,所有的铁路线上都是空荡荡的,来往的乘客也不多。

夜色渐深,荧光灯、自动售货机和指示牌放射的人工灯光越来越快地渗入空气。目送从清凉里开往釜山的"无穷花"号普快列车出发之后,我从椅子上站起来,朝站台尽头一步一步走去。我闭上眼睛,眼前一片昏暗,此时我才觉察到"문주"在铁路上与我平行走着。

"문주"背着手哼着歌,像个音符一样轻快地走着。一个长相酷似我的女人——不,和我一模一样的人。从我感受到她

在这里的那一瞬间起,踩在铁路碎石上的假想脚步声占据了我全部的感官,那规律的脚步声让我相信,即使这样闭上眼睛走着也绝对安全。我想我来到了银幕之外,这里是我的人生之外,"문주"的领域。

只要和"문주"在一起,我想我可以一直走下去,不管去哪里,不管到什么时候。但在站台尽头,我不得不停下脚步。我慢慢睁开眼睛,看到铁路的远处就像洞穴一样黑暗。黑暗里的铁路似乎并不是通向大田或釜山等城市,而是无形而冰冷的虚空。"문주"没有停下来,这次她向着那个黑暗,像一名战士一样铿锵有力地冲了过去。就像想象中的那样,我任她继续走下去。

"문주"的背影渐渐远去,最终消失在我的视线所及之处,我预感到她已经完全走出了铁路,再也不会出现在我的想象空间里。在那漫长的岁月里,铁路曾经既是我身份的证明,也是我痛苦的隐藏之地,此时却再也不能代表我了。铁路的形象越来越模糊,对亲生母亲"纯真的罪恶"的判断也变得毫无意义。黑暗中的女人,一生被封在黑色袋子里,现在不为人所知,以后连她墓地的位置也不会有人知道。我现在已经无法说我了解她了。

这时正好有一滴雨落在鼻梁上,这仿佛是个信号,告知我再次回到了立体空间里。当皮肤感受到雨滴的冰冷后,我才听到各种各样的噪声,嗅到雨水的气味。雨越下越大。水滴聚集成云朵,云朵又融化为水滴,这是一种大自然的时钟。回过头来,我才发现平面四边形的世界已经消失不见。

◇

回到曙瑛家里,冲了个热水澡,然后往手和脚上涂抹乳液时,我想起了恋禧,不,是她又老又小的双手。护工有没有注意到恋禧长长的指甲,小心地帮她剪一剪呢?我很想知道。应该没有,我几乎确定。护工的工作仅是处理多个患者的排泄物和痰,为患者按摩,防止生褥疮等。光是做这些他们就已经忙得不可开交了,应该无暇顾及个别患者的指甲。

三天前,在恋禧病房时,那个稚嫩的护士又把第一次见面时说过的话讲了一遍:濒临死亡的患者,由于无法进行手术或治疗,只能安置在病房里,而这毫无意义,因此院方希望家人将患者送往疗养院或临终关怀病房,但现在患者没有恢复意识,而监护人只是交了费用,之后再也没有露面,所以无法采取相应措施。当时,一个想法浮现在我脑海里,一直挥之不去:所有人似乎都在等着这个叫秋恋禧的人从世界上消失,悄无声息地消失，不带来任何麻烦。真是令人不寒而栗！

我把指甲刀放进包里，想了想恋禧失去意识的时间。两周前她被发现晕倒在地，我看到她的家庭账簿也是在那天，这么说来，白福顺的忌日应该已经过去了。"原来如此。"我自言自语道。为了准备晚饭，我从冰箱里拿出食材，这时，家庭账簿记录上文字旁边的几个数字突然闪现在脑海里，这些数字像一个个空袋子一样飘浮上来，浮在荡漾的记忆表面。我猛地从座位上站起来，慌忙打开玄关门，跑向外面。我确信那串数字就是知道白福顺墓地之人的电话号码。

走下被雨淋湿的二十七级台阶，走到一楼，发现福禧餐馆的门被锁上了。可能是餐馆的房东听到消息，过来把门锁上的吧。于是我转到餐馆后面，发现有一块存放垃圾的空地，还看到恋禧房间的后窗。我从可回收垃圾堆里拿了几个箱子，然后踩着箱子，越过窗户进入恋禧的房间。这并不难，因为窗户下面放着隔板，所以并不危险。进入房间后，我打开台灯，像第一次来这个房间时一样，淡淡的橘黄色灯光很快照亮了整个房间，眼前的画面并不陌生，几个小家具、几件破旧的衣服，以及风叶坏掉的风扇，一一映入眼帘。

恋禧的家庭账簿依然摊开着，放在被子上。在年糕、绿豆粉、梨、苹果等字迹旁边，潦草地写着一串数字，我把数字输入手机，按下了通话键。在提示音响了多次之后，终于有人接听了电话。那人可能刚睡醒，接听电话的声音听起来很沙哑，是一个中年女性。"白福顺……"我小心翼翼地开口道。

"白福顺，那里有白福顺的墓地吗？"

女人用不耐烦的声音反问了句"什么"，但并没有挂断电话。在一阵沙沙响的噪声过后，女人说了句什么，然而那句话里包含了太多难懂的词汇。"灵牌""供品""施主""灵歌"之类的词汇……我想着先把那些词记在账簿上，然后问问具体的意思，但通话无法继续了，外面特别吵，我无法听清对方的话。首先是一阵玻璃破碎的破裂音，紧接着就听到有人发出长长的尖叫声。

◇

是老妇。

老妇用什么打碎了福禧餐馆的玻璃门后，坐在碎玻璃上，不知是向谁吐着听不懂的脏话。湿了的棉衬衫松垮地耷拉着，露出脏兮兮的文胸，花裤子的一条裤腿卷到了膝盖上面。小腿和胳膊上有好几处被玻璃划伤或扎伤的伤口，伤口周围还流着血。来往的行人不时瞥向老妇，但老妇似乎已经丧失了理智，根本不在意他人。走近老妇，一股酒气扑鼻而来，那是一股混合了各种垃圾味和汗臭味的混合味儿，一种之前从未闻过的恶臭味道。

"我说是我的，餐馆里的东西，都是我的，干吗给我锁上？！是谁自作主张？你说对吧，三楼？"

可能察觉到我来了，老妇猛地抬头看着我问道。像是想让我赞同似的，她披散下来紧贴着脸颊的苍白头发之间，一双迫切而又单纯的眼睛眨动着。雨又下了起来，周围楼上的窗户很快被关上了，巷子里只剩下水波荡漾般的雨水声，那是一种如同木头在燃烧的声音。

我想着得先避避雨，于是抓住老妇的两只胳膊，拉她起来，这时听到她嘟囔着"都是因为你"。

"什么？"

"都是三楼你挑的事儿。都已经忘了，几乎快忘了，因为你，我又想起来了。都，全部！"

难道是清凉的雨水让老妇清醒了一点吗？她嗓门越来越大，最后喊得青筋暴出，后来她自己腾地站了起来，步履蹒跚地走进餐馆，嘴里还不停地嘟囔着：

"打了太多，太多……"

"……"

"七个以后就没有数过了。可是……"

"……"

"可是,我清楚地知道,清楚得可怕,一共……"

"十一个呀,打了十一个。"

"……"

她从冰箱里拿出一瓶烧酒,直接拿着瓶子喝起来,然后用袖子使劲儿擦了擦嘴唇,嘴里不停地嘟囔着。像是为了不让老妇的话传到门外去似的,我背靠在玻璃门上望着她。我和她的视线在半空中交汇,又躲开了。

老妇要讲讲自己的人生,而不是恋禧或白福禧的,这一点我很清楚,因为她一直都想说说自己的故事。对于我想倾听恋禧故事的这件事,她已经不只羡慕,还表现出难以掩饰的嫉妒。老妇和恋禧一样老迈,她也希望有人记住自己的好与不好,不,哪怕只是自己活在世上的这件事本身。现在福禧餐馆将成为舞台,而射进餐馆里的路灯灯光将成为照亮演员的舞台灯光,我则是空荡荡的观众席上的一名观众。

老妇的故事拉开了帷幕。

当老妇还在旧基地村俱乐部工作时,会不定期怀孕,一旦知道怀孕,她就立即去保健所做人流手术。对于基地村的女性来说，这种手术就像性病检查一样平常。老妇的人生发生大转变始于最后一次，也就是第十一次手术。那场手术之后，老妇的第十一个孩子也跟前十个孩子一样成功地打掉了，她的子宫却也因此彻底毁掉了，再也无法恢复。手术结束后，保健所的医生告诉她今后她将无法再怀孕，但她并没有在意，她从一开始就没打算把生命留在这个混账的世界上。

但问题在于手术之后，做完第十一次手术后，当和男人身体交合时，她再也感受不到愉悦感，取而代之的是撕裂般的痛苦。实在无法再继续做这份工作了，压根儿就不可能了。失去了商品性的老妇，再也没有人来找她了，她很快被关进小黑屋里。不仅俱乐部的老板，就连以前的常客以及曾经如情人般相处的几名美军也随即离她而去。老妇剩下的，只有欠下俱乐部老板的债务（令人惊讶的是，她的债务竟然还包含了十一次手术的费用）和几粒廉价的精神药物——Optalidon。老妇预感到自己很快会被卖到更偏僻、更肮脏的地方去。

"然后呢？"我冷冷地问道。

她似乎没能感受到我那失去温度的声音，又喝了一口烧酒，表情丝毫未变，然后一屁股瘫坐在空椅子上。此时餐馆外恰好有一辆汽车开着前灯经过，瞬间照亮了她的侧脸。灯光中的老妇，在那一瞬间看上去如同一个年轻的女人。

"当然是逃出来了。一大早好不容易逃出来了,在首尔站打算买火车票时,我才意识到自己没地方可去。已经太久没有和父母、兄弟姐妹联系了,在梨泰院这个地方一待就是十几年,我还能去哪里呢?于是用剩下的钱买了酒,尽情地喝了一通,然后脚步不由自主地迈向梨泰院,尽管我知道要是被俱乐部老板发现就完蛋了,但当时就想,反正终究是要死的,干脆早点死掉算了。在梨泰院一带的某个地方,我脱下鞋子,正打算枕着鞋子睡一觉,正好被下班经过的她看到,她主动靠近我,说在保健所见过我好多次。"

"……"

"那些一向以'姐妹''亲爱的'相称、温和待我的人,转身就翻脸不认人了。而她明明不太了解我,还把我带回家里,供我吃饭,给我拿药。还让我不要声张,只在家里待着,说自己家很安全。不知道给我吃了什么良药,让我不再去想那该死的药粒(Optalidon)了。总之,那阵子过得还行。"

"……"

"是的,三楼你说得对,其实我认识白福顺。我去那个家的时候,白福顺就在那里了。还没褪去婴儿肥的十八岁大姑娘,肚子却鼓了起来……可能见过面,有点面熟,但之前没有说过话。白福顺说,她从十五岁开始就在工厂打工,但那家混账工厂克扣工资太厉害了，于是去了职业介绍所，后来辗转来到了梨泰院。"

据老妇的讲述，那时白福顺快临盆了。临产的白福顺也和失去性功能的老妇一样被抛弃了，恋禧的家为她们撑起了一把保护伞。

老妇在恋禧组建的家庭里生活了一季。恋禧上班后，她就在家做家务，还替产后病恹恹的白福顺照看白福禧，哄她睡觉，给她洗澡。她笑了。因为有白福禧，老妇久违地笑了。老妇算是白福禧的第三个妈妈，也是白福禧不记得的另一名家人。但老妇在恋禧家只待了一季就离开了。讽刺的是，她离开正是因为让她重拾笑容的白福禧。白福禧让她想起了那十一个未能来到世上就消失了的孩子，她难以承受这种煎熬。那些孩子被手术刀切成一片片掏出来，血肉被扔进垃圾桶，鲜血顺着下水道口流下去。要是他们还活着，应该也会像白福禧一样哭哭笑笑，玩玩闹闹，不管以何种方式总会活下来。只要一想到这些，她就痛苦万分，那是一种心如刀绞的痛苦。

有一天，老妇一声不吭地离开了恋禧家，离开了梨泰院。走得那么决绝，以至于都不敢相信自己那段日子为什么没能离开。直到白福顺死后，白福禧被领养，她才再次回到恋禧身边。那时老妇和恋禧都快四十岁了，幸运的是，一直在寻找老妇下落的俱乐部老板进了监狱。此时，恋禧就像个只有空壳的人，每天机械地往返于家和保健所，她的眼神和脸上没有一丝生机。一个独自老去的中年妇女，这就是全部的余生。没过多久，恋禧离开了梨泰院，对于这点，老妇早有预料。二十年后，恋禧又回到了梨泰院，开了家餐馆，老妇本以为这辈子再也见不到她了。

"你说要找白福顺的墓吗？没有墓了。整个野山被推平后，上面建了房子，还有教会。白福顺没有墓碑也没有墓石，谁会想着给她移葬呢！那时她也离开了这里。在这世上，已经没有白福顺的骨灰什么的了，知道了吗？"

"……"

"可是，三楼，你知道吗？我很羡慕白福顺，都快羡慕疯了。白福顺守护了福禧，而且守住了，福禧不是活着嘛。活着，长大了，现在还在寻找自己母亲的墓地。而我孤身一人，就是死了也不会被好好对待，随便找个公共墓地挖个坑就给埋了。该死的人生，就这样结束了……"

"……"

"你转告福禧，说恋禧一直想着她，想她都想出病来了。她说过哪怕今天见一面明天就死掉，也了无遗憾了。她就是这样一个人，这些话你都转告给福禧吧……"

"……"

我只是听着，没有任何表情，努力不让自己抱有任何想法，就像是一个既无温度又无色彩的存在……

"还有……"

"……"

"坡州……让她去一下坡州吧。"

"……"

"那里好像有个叫普光寺的庙，她给白福顺立了个牌位。牌位，就是写着死人名字和死亡日期的木头。那块木头被当作死者的灵魂，家人会为他祭祀，也为他祈祷。"

我好像明白了所有情况。在恋禧的房间里和我通话的女人应该就是坡州寺庙的管理者。恋禧把白福顺的灵魂刻在一块木头上，为至死都未得到保护的白福顺准备了一个小小的居所。恋禧应该会定期去看望那个牌位，祈祷白福顺心灵平静，永远自由。

我噔噔走进厨房，从洗碗池下面的第二个抽屉里找出一块尚未撕开包装的新抹布。把抹布沾湿后，走到老妇身边，小心翼翼地擦拭了沾在她胳膊和小腿上的血水，我承认我对她有强烈的敌意，那敌意源自老妇曾经扼杀过许多个生命，但这并不是全部，另一个原因是我也曾这样绝望地认为，或许对于那十一个孩子来说，比起来到这个世界后被歧视，被遗弃，不如不在这世上留下任何痕迹。因此我理解老妇。对她怀有敌意的同时又理解她的选择，这就是我敌意的真实内涵。小敌意和大敌意，双重敌意……

"你相信吗？"

老妇不知道我现在心情复杂，用稍微缓和的语气问道。

"我是主动来梨泰院的，想着在这里唱唱歌，谈谈恋爱，再挣点钱。我跟白福顺不一样，可以说是完全不一样。我曾经也是有特权的，知道吗？我只和我想睡的男人睡觉。这在当时的梨泰院地盘上，有多了不起，你绝对不知道！那些曾经嘲笑我是畜生、妓女和荡妇的家伙，都在我脚下！"

"……"

"都在我脚下，全都。那个时代，整个大韩民国的土地上，能像我这么自由生活的女人有吗？我！我把世间一切都踩在脚下，尽情嘲笑，然而！"

"……"

"然而……"

"……"

"然而，现在我只剩下这副躯体，一个浑身散发着腐臭味，没人愿意触碰的老躯壳，真是不可思议啊，我……一晃眼就这么老了。以后我还会更孤独,真是不可思议,有趣!剩下的日子还得继续,明天还得睁眼起床……"

"……"

老妇张着嘴笑了,露出暗色的口腔。

她笑了,笑着抽泣起来。

我把老妇的胳膊和小腿擦干净了,不过到现在还不知道她的名字,以后也不会知道。虽然不知道她的名字,但我知道,多年以后当我再次回想起她时,最先浮现在眼前的会是她年轻时的容颜。比如……

比如这样的夜晚里的老妇。

老妇,不,女人晃晃悠悠地从一个播放着流行歌曲、嘈杂喧闹的俱乐部里走出来,然后靠在墙上。在被酒精支配之前,她的脸还不像现在这么黑,牙齿也很健康,身上也只散发着化妆品的味道,这个时节的女人就像一只懂得被爱的小猫,慵懒而傲慢。俱乐部牌匾上闪烁着的霓虹灯,在女人浓妆艳抹的脸上荡漾着,她静静地低头,看着墙缝里开出来的一朵小黄花,弯下腰,折断了它。俱乐部里,想和女人共度一晚的男人们齐声叫着她的名字。女人把折断的小黄花扔在地上,一脸悲伤地笑着回过头来。她并不爱他们中的任何一个,她相信没有人可以占有或支配自己。

在遥远的未来，也许有一天，我突然感到一股前所未有的强烈孤独感涌上心头，到时候我会借助老妇漫长的一天来成就我的孤独。无法辨别那是我的还是她的，就像绕来绕去的线团一样的孤独。人生在半梦半醒间飞驰而过，最终沉淀下来的唯有孤独与痛苦……

对不起，有时人生就是如此，我的孩子。

18

一周后，白福禧来到了韩国。

曙瑛、小栗和银也跟着我一起去了机场，为了把我和白福禧见面的场景拍下来。在邮件中我向她介绍了曙瑛的电影，白福禧回复了我的邮件，并且同意了拍摄请求。

在入境处进来的人群中，我一下子就认出了白福禧。在她回信的附件中有几张照片，可以看到她最近的模样，即便没有这些照片，从现在的她身上也不难找到恋禧曾给我看过的照片里她幼年时的样子。白福禧应该是遗传了白福顺的眼睛和嘴型。黑色的皮肤，卷曲的头发，第一眼会让人以为她是黑人，但是仔细看的话，那张脸完全是一幅东方人的面孔。和我长得"Number one 像"的人……当恋禧给我看白福禧的照片这样说时，我还以为那只是她个人的想法，现在我似乎理解那句话了。虽然我们肤色和体形不同,但如果把我们的脸叠放到一起的话,会有几条线的轮廓明显是重合的。这时,我脑海里突然浮现出一些画面:那天晚上的突然停电,被蜡烛吸引住的脚步,墙上摇曳着的恋禧的影子,以及让我暖心的嫩豆腐汤那柔和的味道……

我挥了挥手,白福禧立马朝我走了过来,我们笑着拥抱到一起。曙瑛摄像机的灯亮了,小栗和银也各自举起了摄像用的麦克风和反光板。我和她之间的对话无比自然,可能是因为她使用的语言是法语,也可能是因为她的表达方式充满了感情。她说一直以为韩国像北极一样冷,没想到竟然比布鲁塞尔还热,还做出惊讶的表情。她表示自己本想把同居男友带来,但他太忙了没能一起来时,遗憾之情都写在了脸上。她还说通过邮件得知了白福顺牌位的位置,等到酒店休息一晚,明天想一个人去坡州看看。当然在去酒店之前,有一个地方她需要先去看看,我会和她一起过去。

在机场专列上,我和白福禧并排坐着。她没有叫我娜娜,而是叫我"문주"。我突然很好奇她是否知道"福禧"这个名字的含义。

"意思当然知道,但不知道是哪两个汉字。"她回答道。

站在我们旁边的银在手册上写了什么,递给了她。手册上写着"白福禧",当她听到那三个汉字就是自己的名字后,高兴地拍起手来。之后她低头看着银的手册,神情又变得有些严肃。像是想起了什么似的,她眉头紧皱,还不时地用手掌揉搓着脸。她不可能不知道福禧这个名字是由福顺的"福"和恋禧的"禧"结合起来的名字,而现在的她应该也在想象我曾经想象过的那个场景吧:年轻的恋禧和白福顺,聚精会神地低头看着那个黑不溜秋的新生儿,商量着孩子的名字,她们其中一人提议说从她们名字中各取一个字,叫"福禧",另一个人马上就同意了。白福禧,这个名字承载着两人希望守护好一个生命的愿望。

我告诉白福禧,恋禧办完领养手续后就离开了梨泰院,二十年后又回来开了个餐馆,那个餐馆的名字也叫"福禧"。白福禧笑着问了餐馆的地址,还用谷歌地图查找了位置。老妇讲给我的故事我并没有告诉她。如果我讲了恋禧和白福顺相识的过程,或是老妇照顾了白福禧一个季节的事情,那就不得不公开白福顺的职业,这一点我实在做不到。当然,白福禧知道白福顺的职业,因为梨泰院以及白福禧的肤色,都是了解白福顺非常明确的线索,任何人都能通过白福禧了解到白福顺曾经做过的工作。当白福禧知道了自己的妈妈曾经怎样被人称呼,受到何种对待,靠什么生活时,痛苦也会随之而来。一种无人可以理解的痛苦……

◇

　　为了让白福禧和恋禧单独相处一会儿，其他人决定在病房外等候。医生说恋禧可能活不过这个夏天了，这一诊断结果我还没有告诉白福禧。不过考虑到恋禧的年龄及病情，估计她应该也能预料到，这将是最后一次见面了。

　　约一个小时后，白福禧从病房出来了。

　　她看上去很累，像是在病房逗留期间承受了难以言表的情感起伏，但她很快就恢复了特有的生气勃勃的样子，拍着我的肩膀对我说没事。

　　"我真的没事，문주，生病的不是我，是恋禧啊。"

　　但这个发自内心而不是声带的声音，听起来有些颤抖。

　　白福禧订的酒店离医院不远，我们自然而然地决定一起吃晚饭。当问起白福禧在比利时生活时有没有特别想吃的韩国食物时，她认真想了一会儿，然后用韩语回答说"炸酱面"，一旁的曙瑛、小栗和银露出了同样的笑容。我和白福禧问他们为什么笑，小栗用英语解释道，那种食物会唤起韩国人纷繁的回忆，听到福禧最想吃的食物是炸酱面，他们很开心，也很不可思议。现在想想，不管是在郑师傅的家里还是孤儿院，每逢特别的日子，我都会在中国餐馆吃炸酱面。

"遗憾的是白福顺的墓地已经找不到了。"

从医院出来，慢慢走向中国餐馆时，我小心翼翼地跟白福禧说道。这事我一直挂在心里。

"反正放在墓里的遗骨也只是一种无机物，妈妈的灵魂没有放在黑暗沉闷的棺材里，而是在可以透光通风的木牌位上，我反而觉得很好。"

白福禧微笑着答道，我也不由得跟着她笑了。这时我突然想到恋禧死后连牌位都不会有，应该不会有人给她在寺庙里立牌位，每逢忌日去看望她。老妇没有那个经济条件，在这个国家逗留的白福禧和我也没有条件能料理她的后事，也没有理由必须那样做。对于回到法国后还能再想起恋禧几次，我已经深感怀疑。任何人在和这个世界告别时，都是一个孤独的存在，会像一个赤条条的孩子。这些我明明理解，但迈出的双脚还是踉跄起来。

一起在中国餐馆吃过晚饭后，我把白福禧送到市政府站附近的酒店。一路上，白福禧身上聚集了几个人的目光，我也感觉到了。那是一种下意识的目光，不管白福禧同不同意。这种对其出生起源的排斥和好奇心，是一种无意识的暴力。白福禧似乎难以忍受那种目光，一脸疲惫地贴着墙站着。

到达酒店，办理完入住手续，拉着行李箱去坐电梯的时候，白福禧一脸疲惫地频频回望。以白福禧的身份出生,但以斯蒂芬妮的身份生活,跟我"Number one 像"的这个女人,我们相像的地方不只是眼睛和嘴型。我想,在人生的某个场景里,我们常常会以同样的姿势、同样的表情、同样的想法站在透明的墙壁面前。我们相像的不只是局部脸型,连生命的折角都是那么相似。

19

白福禧到达韩国两天后,我接到了纹景的电话,说想见一面。

到了约定地点合井洞咖啡馆后,我坐立不安,一直绕着桌子转来转去,因为纹景决定要带她来。曙瑛、小栗和银在咖啡店吧台里面商议着摄像机的位置,等他们商定在咖啡馆一角的桌子上拍摄时,背后传来开门声。

我心里想着快点见到她,快点见到她,但我停下脚步转过身来看向门口的全部动作,却慢得令人难以置信。纹景搀扶着她,慢慢地朝我走来。那个虽然每次看见我都会不停咂舌,但到了晚上会给我洗澡,抚摸着我的肚子哄我睡觉的人,那个虽然对坐在饭桌旁的我怀有不满,但每到院子里散发出湿木头香味的下雨天,都会用一种叫作高粱的谷物为我做点心的人……

"孩子……"

她走过来这样叫我。那一刻，位于记忆与忘却边界某处的音量装置被打开，过去几个场景中叫我"孩子"的声音像钟声一样响起来。每当她心情特别好，或相反，因喝了酒看起来非常悲伤的时候，就会喊我"孩子"而不是"믄주"，此时的声音大致是温和的。那时候她说的话，就这样又一次浮现在我脑海里。"孩子，要想长高也得吃点蔬菜啊！""孩子，你整晚都没睡好吗？""你一定要好好活着，好好活着，孩子。"

"天哪！我的老天哪！孩子，真的是那个孩子吗？"

她连声问道，举起一只手抚摸我的脸颊。那是一只瘦骨嶙峋的手。不仅手，整个身体也非常瘦小，我有些困惑不解。因为记忆里的她体格壮实，肚子和腰部轮廓浑圆，即使头上顶着或搬运重物时，她依旧姿势挺拔，步伐轻快。我在法国成为亨利和丽莎的女儿，成长为一名演员兼剧作家的时间里，她变成一个上身微微佝偻、日渐干瘦的老人。跟一般人的老化速度相比，她老化的速度似乎更快些，我想那可能是因为失去儿子后，岁月以伤害她的方式在流逝吧。

"您好吗？"

"我们友植不在了，见不着了，友植没了！"

我把手叠放到她那抚摸着我脸颊的手背上，向她问好，她泪眼婆娑地望着我，做出一个与提问完全无关的回答。我再次想起纹景说过她有些耳背。即使她反复说着"没了""没了"，她的手也没有从我脸颊上移开。

等她镇定下来，我们三人才找了个位子坐了下来。这时坐在她旁边的纹景转告我说："很遗憾，奶奶说她也不知道'문주'的汉字含义。"曙瑛的摄像机亮起了灯，小栗和银也调整了各自负责的拍摄道具的位置和角度。

"因为友植喊'문주'，所以我以为就叫'문주'呢。"

可能这次听清了纹景的话，她接过话茬来说道。我想这已经无所谓了。我跟她和纹景坦言道："即使'문주'只不过是门柱或是灰尘的意思，抑或是郑师傅翻阅电话簿随意挑选的一个名字，现在都已经不重要了。"也许从一开始我想知道的就并非"문주"的具体含义，而是这样的情感：把从铁路上发现的孩子叫作"문주"的瞬间，郑师傅内心发生的情感变化；随着岁月的流逝，当他在某个地方听到相似的名字时，内心产生的情感波动……而现在这些都已是无人知晓的银幕之外的故事了。

"当时也没想着要问一下。没想到对你那么重要，对不起，孩子……"她再次说道。

我回答说没必要感到抱歉，用尽全力露出了一个灿烂的笑容。她却深深地低下了头（她这副样子我以前从未见过），反复说了好几次都是自己的错。

"对了，听奶奶说，爸爸最初是在清凉里站候车室里见到姐姐的。"

纹景转移了话题。此时，她语气平淡，我内心的一处却已崩塌，她没有意识到自己刚才说的话在我生命中占有多大分量。我用力握住纹景的手说，还想听听候车室的故事，等我说完，纹景像是理解了我的迫切，赶紧凑到她耳边，提高了音量问道。

"奶奶，那时候'문주'姐姐穿了件红色连衣裙，所以爸爸一眼就看见了，您是这么说的吧？"

她慢慢地点了点头。

郑师傅初次见我的地方，不是铁路而是候车室。一个没有监护人、穿着红色连衣裙的小女孩迈着还不太稳当的步子在候车室里走来走去，肯定会非常显眼。那天他像平常一样在车站工作，后来在穿过候车室时他应该注意到了我，当他坐上驾驶座之后估计还在想着那个身穿红色连衣裙的小女孩。纹景解释说，那时的驾驶室里通常弥漫着尾气，高分贝的噪声不绝于耳，在那种环境下，人一时很难做出理性的判断。在那样一个所有感觉都变得迟钝的狭小驾驶室里，当他一看到蜷缩的一团红色时能够紧急刹车，大概也是因为在候车室里见过我吧。一个身穿鲜艳衣服，似乎希望让人注意到自己的弱小生命……

曙瑛认为我被抛弃的地方可能不是铁路上的假设，现在已不再是一个谜题，事实已经浮出水面。我那因铁路而堆积起来的伤疤，成了一个空洞的建筑物。现在我得重新定义我的亲生母亲。请求我原谅自己的过往，直到现在才算稍微洗脱些许冤屈的她，至少不曾有意伤害过我或要置我于死地……

◇

"我想知道您的名字。"我看着她说道。

纹景向她转达了我的提问，这次她用别样的眼神望着我，然后慢慢地回答：

"秀子，我叫朴秀子。是我父亲给起的。天哪，我都好久没有说我叫朴秀子了。"

她，不，是朴秀子，自进入咖啡馆后，第一次开心地笑起来。纹景在一旁告诉我，奶奶出生的那个年代，因受日本的影响，经常在女孩名字里加一个"子"字。接着，朴秀子把我的右手拉到自己面前，在我的手掌上慢慢写起了什么。纹景解释道，这是汉字"秀"字，有美丽的意思。朴秀子又在我手掌里使劲写下其他汉字，纹景告诉我，那是汉字"友"和"植"字。我用力握紧手掌，像是为了不让她写的字挥发掉，又像是要永远珍藏她刻在我手心里的触感和温度。与无法再次相见的人的最后一面,直到现在,我才理解白福禧在恋禧的病房里所承受的是怎样质感的伤悲。

那天下午,我和朴秀子乘坐纹景的车去了宁越,那是朴秀子的故乡,郑师傅的骨灰就安放在宁越骨灰堂。银从他父亲那里借来了车,曙瑛载着小栗和银也一同到了宁越,继续完成拍摄。

经过三个小时的路程,我们到达了骨灰堂,朴秀子走到纹景前面,为一行人引路。走过绿树成荫的上坡路,我们看到一座浅灰色的四层建筑。郑师傅的骨灰盒位于二楼窗边,走到郑师傅抽屉盒大小的骨灰盒前,我扫视着里面整齐摆放着的花瓶、十字架、几个相框以及装有骨灰的白色小罐子。朴秀子用干瘦的双手打开骨灰盒的玻璃门,从多个相框中拿出一个,用手掌擦拭了几下后递给我。相框里是我从未见过的上了年纪的郑师傅。我闭上眼睛。软饼干的砂糖味道、每次被他背着时胸前硬硬的骨头触感,还有叫着"문주야"时的年轻的嗓音……在那种感觉的后面,他结婚,生子,患病,生命终结,他的一生就这么一直延展开来,如同无人踩踏过的积雪的道路。他留给我的感觉和我从未见过的那些样貌的总和,就构成了这个相框里的男人。

我把相框抱在胸前，就那样站了好久好久。

我的周围暗了下来。

那天纹景打算在朴秀子家住下，我坐曙瑛开来的车和他们一起回首尔。临别之际，纹景对我说：

"爸爸好像非常喜欢'纹路'的'纹'字，所以也给姐姐取了个带有这个字的名字。如果'문'是纹路的意思，那么剩下的'주'字，我觉得爸爸想到的应该是'宇宙'的'宙'字"。

"宇宙？"我笑着反问道。

纹景不理解"宇宙的纹路"对我来说是一个令人震惊的偶然结果，她认真地接着说道：

"阳光的纹路和宇宙的纹路，如果我们以姐妹的身份一起长大的话，所有人都会觉得这对姐妹的名字真好听。"

如此看来，纹宙和宇宙的名字里，也有一个字是重复的，而且宇宙的名字是在穿过树叶的阳光下想到的，所以也可以说宇宙和纹景也是紧密相连的。即使纹景的推理错了，我也愿意相信，实际上，当我走出骨灰堂时，就已经开始相信了。

分别的时刻到了。

朴秀子仍像在咖啡馆时那样，用她骨瘦如柴的双手抚摸我的脸颊，嘱咐我和孩子一定要健康。对我来说，那句话就像在告诉我，今后也一定要好好活着。虽然我想跟她说"知道了"或"谢谢"，最终却没有说出口。

在纹景的搀扶下上车之前，朴秀子停下脚步，站在原地回头望着我。我知道她看的不是我，而是只有她才能觉察得到的我身体里的某束光芒。那束光是她儿子点亮并守护的，她当然有权利注视活着的我。过了一会儿，看着纹景的车远去的背影，我渐渐想到，就像恋禧在我身上寻到白福禧的影子一样，我从恋禧身上也找到了朴秀子，有时是丽莎的影子。如果说我内心的光束转移到了恋禧身上的话，可以说这也是朴秀子和丽莎的力量。

那天傍晚，在回首尔的高速公路上，我用手机读了白福禧发来的邮件。在信的开头她写道，由于任职的公司出了问题，她只好匆匆离开了。

◇

由于工作原因，我只好把预订好的机票改到了今天晚上。

不过，纹宙，我可以毫不犹豫地说，在过去的三天里，往返于坡州的寺庙和恋禧的病房，我比任何时候过得都充实。假如没有那三天的人生，我可能都无法想象往后的日子。昨天，我还去了趟福禧餐馆。那时你不在位于三楼的家里，也就没有打招呼。当我看见福禧餐馆的牌匾时，不知道笑了有多久。

其实，去那个小区对我来说，需要很大的勇气。能想象得出来吗？长得像我这样的孩子，在二十世纪八十年代的韩国会受到怎样的对待……

我虽然一直意识到自己跟别人长得不一样，但直到上学后才知道不同长相会遭受到接近于虐待的歧视。在学校里，同班的孩子们从未叫过我的名字。我的外号太多了，甚至每天都在增加。大部分都是会给人带来性羞耻感及侮辱感的恶毒外号。当时还不满十岁的孩子，是从哪里学的那些外号呢？自从上学后，我的身心没有一天不受伤。每天回到家里，我灯也不开，坐在房间的一角，不吃不睡，只是等着恋禧下班。

回想起来，那些时间我凭借憎恨自己的力量支撑了下来。我憎恨的，不是这个充满歧视的世界或是把我丢在这一世界的父母，而是来到这个世上的我自己。在那些日子，对我来说，恋禧不仅是单纯的监护人，还是朋友兼治疗师，是这个地球上唯一与我共存的人。恋禧从保健所下班回家后，会帮我消毒，治疗那天我身上新增添的瘀青和伤口，然后抱住我。这是我和恋禧之间每天的日常。那个时候，恋禧总是会说，"会过去的""人生没有过不去的坎儿"，直到那时我才稍微放松下来。

我知道，经历这样的过程，恋禧也疲惫不堪。我明明清楚，却装作不知道。因为我觉得，比起恋禧的痛苦，我的更大，不，是看上去更大，所以认为她安慰我理所当然。

来到韩国的第一天，看到毫无意识地躺在病房里的恋禧，那一刻，长时间被遗忘的一个场景静静地浮现在脑海里。那是一个寒冬，我穿着尿湿后结冰了的裤子蹒跚地往家走，恋禧大老远就看见了我。我在学校里无法使用洗手间，因为在洗手间里可能会遭受到比在教室里更露骨的辱骂和暴力。结果那天弄湿了裤子，我就那样一直等到打铃，后来在回家的路上遇到了恋禧。我从没见过她生那么大的气。她把我带回家，给我脱衣服、洗衣服时的手非常粗暴，然而奇怪的是，我并不害怕，反而很伤心，觉得恋禧很可怜，因为那时她一直在哭。

可能就是那天吧，恋禧下定决心要把我送人领养。我在上封信中写到无法理解恋禧为什么把我送走，其实是我不想理解所以没有打算去理解吧。在病房里回想起那个场景，我开始有勇气，不，是有种渴望，想以恋禧拥抱我的方式来拥抱她。在我俯身拥抱恋禧的那一刻，我才感受到我抱住的人既是恋禧，同时又是那个时期的我。

谢谢你给我这样的机会，这份感激之情难以言喻。真心尊敬你，但我们要再次见面的话，我想要等到我非常幸福时才能实现，就是不会因回想过去而痛苦的时候。你大概也猜到了，我马上就要跟公司请假做手术了，手术结束后就要开始漫长的抗癌治疗。虽然这一过程在我的人生中投下了荒芜的影子，但我坚信未来的我一定会幸福。我会活下去，而且会比任何人都幸福。

纹宙，我期盼着那一天的到来——在遥远的将来，我会主动打电话给你，向你问候，约你见面，提议见面后吃点喝点什么。

在那天到来之前，我会在远方为你和孩子的健康祈祷。

你诚挚的白福禧

20

恋禧走了。

白福禧回到比利时后的第四天早上,我去了恋禧的病房,倒完小便袋后,在帮她按摩胳膊和腿部的时候,指尖感受到一丝颤抖,那是一种与平时不同的颤抖,一种不仅贯穿了恋禧的身体,还贯穿了时间河流的颤抖,一个漂流在不知始终的时间长河里,如不幸遇难的沉船一样的人无力地发出的颤抖……

我反射性地往后退了几步,僵在原地,静静地低头望着恋禧。熟睡了般不设防的脸庞依然如故,但她周围流淌着一股迄今为止从未感受过的气息。凉飕飕的,却又十分平和。难道恋禧已经做好了离开的准备,在等着谁吗?又或许从白福禧来到病房那天起,恋禧就已经做好了迎接这一刻的准备?

我坐回她身边,预感到即将面对的巨大悲伤,握住了她的手。她的手冷得吓人,这让我更加心痛。就像很久以前对亨利做的那样,我把恋禧的手掌贴在我的脸颊上,像只小猫似的一直揉搓着。我闭上了眼睛。现在的她,离开了活力消耗殆尽的身体,即将到达无形的黑暗。在那里,她将变成一粒种子或一缕烟雾,化为一种物质或一股能量,开启永不停息的旅程,就像通过数十亿年的进化过程,来到这个世界之前,作为一个细胞存在时那样。"您辛苦了。"我说道。

"太辛苦了,为了活着……"

"……"

"为了活下来……"

"……"

"走好!"

"……"

"走好……"

"……"

"走好……"

"走好""走好",我不住地喃喃道。当我把脸埋在恋禧胸口时,她的手动弹了一下,像是在做最后的道别。我慢慢地睁开眼睛,看到同一楼层病房的患者及患者家属,以及几名护工人员挤在病房门口。护士查看完情况后马上叫来了医生。主治医生检查了恋禧的脉搏和瞳孔，并进行了听诊，自始至终表情都非常严肃。当他下完死亡通知，护士马上在病例上记录下临终时间，看上去像是实习医生的几个年轻人从恋禧身上摘除了那些透明或不透明的管子。医护人员走后，两名体格健壮的男人进入病房，用白大褂盖住恋禧的身体，抬到移动床上，推去了太平间。

所有一切都发生在一瞬间，感觉一切都那么不真实，我坐在恋禧的床边，呆呆地望着病房窗外，像是在等着谁似的。没有恋禧的病房，是银幕内还是银幕外，任我怎么想都想不明白。我清楚的只有一点，那就是恋禧现在已不在这间病房里了。

恋禧走了。

◇

恋禧走了。

经历了那些我不敢说自己能够理解的一幕幕之后，恋禧走了。这意味着一个叫秋恋禧的宇宙终结了。

窗外有风吹过，飞扬起来又如沉淀物一般落下来的灰尘，现在看起来格外清晰。急匆匆地走向某处的医生和护士，一起散步或三五成群一起聊天的患者，在大人中间跑来跑去的孩子们……风景是鲜活的,证明世界依然生动鲜活的谈笑声、脚步声,混在尘土中,产生了一个个小小的旋涡。床单上还留有恋禧的味道和温度,然而就在刚才,这一存在已变成不在,不在已无法逆转为存在。而对此,窗外的世界似乎并不理解。现在能证明恋禧的,只有医生签字的死亡诊断书,盖有行政机关公章的死亡申报书,各种相关文件的注销申请书,继承登记文件及继承人保险金领取证明,以及即将用此保险金和福禧餐馆的保证金缴清的医院费用收据……这一沓沓的纸张而已。而这些并非新生,而是死亡的证明。

时间慢慢流逝。

正午时分,那个曾拜托我检查恋禧呼吸状况的年轻护士来到病房,坐到我身边,她说听说奶奶去世了,声音有些阴沉。到现在我还不能接受恋禧去世的事实,因此从某种意义上来说,她是恋禧的第一位吊唁者。护士接着说医院联系上了恋禧的妹妹。那边说,打算省去葬礼仪式,直接进行火化,火化之后骨灰不会安放在骨灰堂,而是撒入大海或田野。恋禧就这样连一个小小的灵魂居住地都没有留下,以一种决绝的方式离开这个世界。此时,我比任何时候都更深切地感受到,恋禧是完完全全一个人,她比我想象的更加孤独。

护士还想再说什么，犹豫了几次，等到与我双目对视，才告诉我其他患者要等着进入这个病房。在我听来，这句话的意思就是，门外又有一个新的死亡在等待。病房也许不是银幕的里面或外面，而是生与死之间的候车室。我马上从床上站了起来。护士离开前祝我生产顺利，就像最近其他人经常对我说的一样。

我把毛巾、内衣收拢，一起扔了，把尿布、湿巾等物品交给护工，之后我就没什么可做的了。走出病房前，我出神地望着那张马上就会有其他患者使用的病床。始于永恒，亦终于永恒的阳光，在床的周围悠悠荡漾。我再次想起曾经决定守护恋禧到临终的决心，刚才守护恋禧临终的任务已经完成，现在剩下的就是将死亡公之于世，并一起哀悼。好好地送别离开这个世界的恋禧，这也是我以自己的方式迎接你的到来……

◇

从医院出来后，我去了趟超市，买了牛肉、三文鱼、意大利面、洋葱、蘑菇、胡萝卜，还有奶油酱和罗勒。然后打了辆出租车来到福禧餐馆前，我发现玻璃门被老妇打碎后还没人来收拾。我踩着碎玻璃走进餐馆，在厨房里收拾了牛肉和三文鱼，又洗了菜。

我不知道。

我不知道怎么做对于白福禧更好。在整理食材的过程中，我一直反复思考这个问题。我不打算把恋禧去世的消息告诉白福禧，但我又怀疑这一决定是错误的。不过，我又不得不承认，马上告诉她这一消息，也是不可行的。正如白福禧所说，她会活下去，在许久之后，我们还会在法国或比利时的某个城市见面，聊起恋禧去世的事情。如果到了那天，我会跟白福禧仔细说明恋禧是在什么时候，又是如何离开的，还有当时病房的风景以及我最后对恋禧说的话。白福禧在离开韩国时，可能在想，只有未来我们面对面坐着的小小空间，才是她对过往献上的最终敬意。我理解她。也许因为理解，所以在给她打电话这件事上才会如此犹豫。把食材收拾得差不多时，我终于下定决心，不给她打电话。我决定相信，推迟揭晓真相，她接受保护的时间也是其生活的一部分。

饭菜准备得差不多了。当我把炖牛肉、三文鱼排、奶油酱意大利面一一摆上餐桌时，受邀的客人一起来到了福禧餐馆。曙瑛和小栗买来了菊花和红酒，银带了个长长的椭圆形照明灯。我很好奇那是什么灯，银告诉我那叫吊喧灯，并解释说，吊喧灯是告知有人去世的标志，在服丧期间要一直亮着。银拿了把椅子放在餐馆入口，踩着椅子把吊唁灯挂了上去，我抬头望着那个长相神奇的灯，怅然若失。吊灯挂上去之后，儿童福利院工作人员也来了，手里拿着一瓶清酒。

我们很快就开饭了。在一个没人坐的空位上，我也摆上了食物，那个位置上就像有人似的，客人们总望向那边，大家悠闲地吃着食物，喝着红酒和清酒。夜幕降临，吊唁灯的黄色灯光照到餐馆里面，温柔地萦绕着我们安静的桌子。我想，那灯光似乎不是死亡的标志，而更像保护生活的一层薄膜。

用餐结束后，客人们依然没有回去，而是继续守在餐桌前，以此来追悼恋禧。小栗为我煮了热茶，儿童福利院工作人员从附近商店买了西瓜，切成适当大小，摆到餐桌上，而曙瑛和银则谈论着最近上映的电影，还争论了起来，虽然争论有些不合时宜，但我喜欢这种喧闹。我一手托着下巴，看着这种亲切的喧闹，轻轻地笑了。

夜色渐浓，老妇像往常一样拉着车子出现了，她是我等待的最后一名吊唁者。但她没有进入餐馆，而是以比任何时候都要端正的姿势仰望着那盏吊唁灯，望了很久很久。黄色灯光的颗粒洒落在她的脸上和身体其他部位，形成浓度各异的阴影，然后画了个大大的圆圈，渗入地面。

"她衣柜里有一套用塑料袋包起来的蓝色西装，鞋柜最里面有双黑色皮鞋，还有一把红色阳伞，都拿给我吧。"

我刚走过去，老妇便拜托道，语气淡然，但她依然注视着吊唁灯。

我走进恋禧的房间，打开衣柜，找到了老妇说的衣服。那是一件套装，买了之后似乎从来没有穿过，袖子和下摆还都原封不动。然后我把皮鞋和阳伞也一起拿给她，她拿着这些物品往餐馆后面走去，我默默地跟在她身后。到达空地后，她把物品都放到地上，点燃了从手拉车上带来的一捆纸，扔到蓝色套装之间。衣服、鞋子和阳伞可能是恋禧期待着和白福禧见面的日子里，一点点准备的吧，现在这些都慢慢燃烧起来了，老妇又从兜里掏出几张纸币，也一起扔进火堆。她说这个是送别远行之人的钱。

餐馆里的吊唁者不知不觉间也都来到我身边。曙瑛和小栗跟着老妇各投入了一张纸币，福利院工作人员从比利时退回给恋禧，她还没来得及去拿的信中挑出几封（包括我已返还，恋禧时隔十年收到的回信）扔到了火堆中。老妇脱掉了自己的上衣和裤子，也一起投入了火堆。我脱下开衫遮住近乎半裸的老妇。衣服、钱、信件在燃烧着，纤维和纸张燃烧时噼噼啪啪的声响，让我联想到恋禧走向生命背面的脚步声，而升腾的烟气仿佛是她灵魂的一部分。

"快走吧。"

老妇紧靠着火堆坐下来,小声说道。

"不要留恋这里,赶紧……"

"……"

"赶紧……走吧。"

"……"

"走吧,别忘了……"

"……"

"也叫上我。"

"……"

老妇像是在做最后的道别,又像是在发牢骚。她在火堆前坐了许久,摇曳的火光在她的脸颊上明灭起伏,然后一点一点地熄灭。直到火苗完全熄灭,烟气散去,直到衣服烧尽,灰烬飞散到半空,我们一直站在她身后。这时我想象到一个场景,回到黑暗中的恋禧与在黑暗中浮游的宇宙轻轻擦肩而过,他们互不相识。宇宙经历着超越时间的进化过程,向这个世界游来,而相反,恋禧逐渐失去了肉体的成分,向世界之外游去。

秋恋禧,一个因思念而幸福的人,我至死都不会忘记这个名字。铭记这个名字,以及守护宇宙,是我在这个世界上需要遵守的礼仪。

恋禧走了。

她回到了黑暗中。

21

九月的第一个星期五，是宇宙来到我身边的第二十二周的日子，也是恋禧去世一周的日子，同时还是我离开韩国的日子。

因为计划要在机场拍摄电影的最后一个场景，小栗和银决定在租赁设备后直接去机场出境处，因为我行李太多，曙瑛说要开车送我。在曙瑛还没到之前，我打包收拾行李箱，这时从楼下传来一阵不同于以往的噪声。我走下楼梯，看到两个男人正在往外搬运福禧餐馆里的桌子、椅子以及餐具等。牌匾已经被摘除，恋禧房间里的生活用品好像也被清理干净。而我能做的，也只是在这几步之遥的地方，看着福禧餐馆被一点点清空。

那两个男人把该扔的都扔了，能变卖的则装进了卡车，然后在餐馆门上安装了一个蓝色铁质卷帘门，看来在新租客搬来之前，餐馆出租人打算先关闭这里。就像演出结束时告知谢幕的幕布，卷帘门啪的一声被放下来。最后，他们把吊唁灯摘下来扔在地上，乘坐卡车扬长而去。

等卡车消失在视野之中，我先把吊唁灯捡了起来，重新挂到了原来的位置。我想，只要有人记得恋禧，那就应该还在服丧期，如果是在服丧期，"丧中"的标志就应该留着。我按下开关，吊唁灯里面的那只小黄鸟苏醒了，泛黄的光芒向周围扩散开来，可能电池寿命已快耗尽，那光芒十分微弱。

我挂上吊唁灯，转到餐馆的后面，福禧餐馆里的物品几乎都被扔到了这里。塑料衣柜的门和收纳柜抽屉大敞着，里面的衣服、袜子和药袋之类的物品一览无遗。有脚印痕迹的被子和枕头被随意堆在衣柜旁边，断翅的电风扇以及弯掉的晾衣架被胡乱扔在地上，我还看到几个随意装着鞋子、雨伞和镜子等物品的大纸箱，低头一看，纸箱里还装着化妆品、毛巾、梳子和台灯等物品。边角磨损了的牌匾斜立在箱子后面，看上去就像一个无亲无故的墓碑，不，这应该是秋恋禧的墓碑。恋禧在福禧餐馆一直苦苦地等着白福禧，以这种方式度过了人生中的最后十年。因此，"福禧"这个名字，也就成了恋禧的墓志铭。

我先把衣柜的门和抽屉柜的抽屉关上，把被子和枕头抖了抖重新叠好，又把电风扇和衣架重新立起来摆放整齐，又整理了纸箱内部。最后，我走到牌匾前，用袖子擦拭了许久。仿佛只要把牌匾擦干净了,就不会有人侵犯恋禧的王国,牌匾似乎可以保护被丢弃的一切……然后,我把牌匾放在了空地中央。在收垃圾的人来之前,至少牌匾,可以证明这里是恋禧的领地。

我站起身来往回走着。

闭上眼睛,用手背感知着风的纹路,我尽量慢慢走着。我每向前走一步,背后的世界就一点点地慢慢崩塌下去,我的身体渐渐飞了起来,有一种在空中漫游的感觉。我们出生之前所属的世界,即我们失去肉体后灵魂回归的那个无形黑暗,说不定也存在于生命之中。我以为走了好久,但其实并没走出很远。转过身来,世界已经无色。在无色的世界里,只有那盏黄色灯散发着唯一的色彩。

那一刻,又有一次胎动。

宇宙离恋禧生活过的地方近了一拃。

在他们俩中间,即两个世界的中心,我站在那里。

我把清风拥入怀中,从拥入怀中的一阵清风中传来了温热的气息。是谁的温度呢?我当然知道——"是你啊。"

我呢喃道。

宇宙。

"宇宙。"我又一次低声呢喃道。

22

在法国的蒙彼利埃,每一天的时间都被精确地一分为二。上午我专注于创作一部新作品,主人公叫曙瑛,下午做堆积的家务或读书,等丽莎下班回家后,一起吃饭、喝茶。提醒我上午和下午的时间并非分开,而是天衣无缝地连接在一起的,是宇宙的哭声、哼哼唧唧的声音、闹觉,以及随之而来的我的劳动。众所周知,那是极其辛苦而枯燥的劳动。有时我甚至会产生绝望的想法,觉得只有把全部生活都献上,这种劳动才能结束。

偶尔也会看电影。

那是一个月前收到电影的初剪辑版。那部电影始于清凉里站铁路,经过梨泰院、仁川、阿岘、合井和宁越,最后结束于仁川机场。讲述了主人公既是郑纹宙,又是朴艾斯德拉,还是娜娜的故事。一起出演的演员还有杰玛修女、郑纹景、朴秀子,以及白福禧……尽管已经看了数十遍，但每次看时都会产生新的感受。这是因为我可以想象镜头里没有拍摄到的地方，曙瑛、小栗和银的变化的表情及移动的动作，还因为可以回忆在韩国度过的那个夏天，以及在流逝的夏日里遇见的人们。

看着看着电影，会不知不觉地打起瞌睡。如果没有做那个梦的话，或许那天也会像往常一样流逝。梦是这样的——在梦里，我茫然地走在空旷的田野上，每当草叶拂过小腿，都会感受到一股清新的生命力。夜幕很快降临，一轮偌大的满月伸向田野里的地平线，夜空很快延伸到了迷人而广阔的宇宙。也许是因为那风景具有强烈的色彩和质感，即使从梦中醒来，我仿佛也依然抱着那片田野里的一团空气。

这时，我在放着笔记本电脑的桌前坐了下来，打开新的文档，开始写这封信。回想起来，这还是第一次给你写信。不，与其说是信，还不如说是告白。

应该能猜到，是的，是宇宙的故事。

去年六月，走在巴黎的散步道上时，对要不要生下宇宙这件事，我苦恼了一番。当时，我认为应该以完全相同的概率在两个选择中选择其一，而为了做到这一点我也费尽了心思。

我想，不管何种选择都不能认为是自私的。比起放弃宇宙，在未来的某些日子里，用宇宙做担保来缓解自己的孤独与不安，向人们讲述自己丰饶的内心世界，这样做反而更为自私。我害怕宇宙会反复失败，熟悉挫折，最终成长为一个什么都不愿尝试的头脑空空的人。如果宇宙成长为一个只会随波逐流地接受世界，而不能批判性地去解释社会结构中不合理的现象，对于他人的事情只会袖手旁观的大人，我该怎样面对他呢？然而，还有更可怕的。我担心宇宙会像我，像我最孤独最懦弱的样子。我想起了大学时代，在那段时间，我经常想，与其虚度人生，在孤独中死去，还不如干脆不出生的好，这样反而更有人情味。那段时间，我也在拼命憎恨那个不负责任地生下一个生命，将其抛弃又忘掉的人。

但那天，我却放下一切顾虑选择生下宇宙。

因为我是证据。

我出生，被救助，被保护，成为某人的女儿，成为一名演员兼剧作家,现在跟宇宙成为家人,这样的我是活生生的证据。因为这是我的人生,包含了一直认为自己在出生之前就应该被抛弃了的过去,以及仍然会时不时地无法从那种心境中释怀的现在。

妈妈,你听到了吗?

我这样活着。

虽然不知道妈妈曾经怎么叫我,但我也曾是妈妈的全部吧。

我多想一声声喊着"妈妈",跟您说好多好多心里话。这样的我,在这里,这样活着。

不管我今后会不会理解和原谅您,都请您记住这一点……

祝妈妈平安!

这是我永远不会改变的真心。

作家的话

我曾觉得"作家的话"没必要写,因此之前都果断省略了,现在却坐在书桌前写着"作家的话",可见那种洒脱的想法没能持续很久。

首先,要声明的是,该小说的书名《单纯的真心》借用了第十届女性人权电影节的标题,在此向电影节的所有工作人员表示感谢。

感谢 Jane Jeong Trenka(简·郑·特恩卡)女士。在我三十岁那年,如果没有在书店里偶然发现她撰写的《血之语言》一书,我可能不会对"领养"和"领养人"产生任何关注。在写这部小说时,我也曾多次翻阅她的作品《百万活着的幽灵——结构性暴力、社会性死亡及韩国的海外领养》(《女/性理论》,2010夏刊),检查自己是否有疏漏之处。幸运的是,本书出版前夕,在韩国文学翻译院举办的活动中,我有幸见到了作家本人。当我小心翼翼地问"非被领养人也可以写关于领养的小说吗"后,她笑着反问:"Why not?"借此机会,想告诉您,您当时的那个笑容给了我莫大的勇气。

同时,还要声明,金东玲导演和朴景泰导演共同执导的纪录片《蜘蛛的土地》,以及乌妮·勒孔特导演的自传体电影《旅行者》也给了我很大的影响。

如果没有思考有关领养制度的诸多问题,回顾基地村历史的各种记录、报道和论文等相关资料,这部作品的很多部分恐怕会是空白。尽管在此无法一一提及,我还是要对我读过的所有资料的作者真心地表示感谢。此外,我还想对很久以前,每两周见一次,互相学习语言并成为朋友的罗莎表示感谢。(由于我的无心之失,目前和她失去了联系,如果在某个地方她可以读到这份问候,我将不胜欢喜。)我清楚地知道,正是因为从她那里听到了被领养之后的生活,我才开始思考有关领养的问题,最终构思出这个故事来。

同时,对在医学方面欣然给予建议的金允贞老师和小说家李贤硕致以深深的谢意。

二〇一七年六月至九月,本小说曾在民音社运营的网站上做过部分连载。非常感谢当时帮助上传连载的市场专员成延朱老师,以及当时的各位读者朋友。同时向民音社(继第一本小说集、第一本长篇小说之后,民音社出版了我的第八部作品),以及欣然予以推荐的评论家金美晶和诗人金炫两位老师衷心地表示感谢。另外，还要向这部小说的第一位读者、通过邮件收发稿件时总不吝给予建议和鼓励的金华镇编辑，致以最诚挚的谢意。今后我也将一如既往地支持金华镇编辑的工作和文学创作。最后的最后，向朋友 m 和 h 表示感谢。感谢 m 时常关照我的生活，感谢 h 允许借用她名字中的一个字。

这部长篇小说的灵感来源于我的第三本小说集《光之护卫》中的短篇小说《문주》，不过《문주》完稿时我还没有构思长篇的念头。

有一天，我走在街上，看着与我擦肩而过的人们，突然很好奇他们来自哪里，有着怎样的过往，今后又将迎来怎样的人生。想到他们各自不同的根源、生活经历和长远的未来，我突然感觉没有什么能比生命更伟大了。也就是在那天，我有了一个想法，想写一部以"生命"为主题的小说。我创作这部小说，也许是为了记住那些在成为一个完整的宇宙之前便消失不见的人吧。

假如我有一点点资格，我想说《单纯的真心》是我送给这世上所有生命的献词。

在此，我向大家传达我的真心。

二〇一九年夏
赵海珍

我的名字

金炫（诗人）

一天上完夜班，在回家的路上，看着二十四小时便利店的灯光，我安心地低舒了一口气。那灯光虽不灿烂，也不耀眼，但正因如此而更显温暖。那是一种将手轻轻搭在疲惫的肩膀上的安慰之光。

读着赵海珍这部以"我来自黑暗"开头的小说，脑海中自然而然地浮现出那晚便利店的灯光，因为这部小说想要传达给我们的安慰，也是如此微弱。微弱的东西，即便微弱，对某个人来说，也可能是一种救赎的光芒。像赵海珍这样让我们领悟到这一珍贵事实的作家可谓少之又少。

我想说，一杯温水带来的令人愉悦的舒适感，可以说是这部小说的温度；我想说，拥抱一个人，轻轻拍打其后背予以支持的这种行为，可以说是这部小说的态度。赵海珍写道："拥抱，既是拥抱他人，也是抱自己。"我还想说，当一个迈着疲惫步伐的人走在漆黑的夜里，轻唤一声自己名字的那一瞬间，他内心的一角会亮起一盏橘黄色的灯，而这部小说则向我们证实了那一空间才属于真心的领域。

"真心"这个词非常常见，但其真实意义又难以理解。赵海珍漫步在"真心"这一观念空间里，具体阐述了"真心"的含义：我们所有人的名字，是某天一个人向另一个人真心说出的第一句话；呼唤一个人的名字，即我们拥抱他人的第一种方法。

读完《单纯的真心》，你会向某人告白："我叫×××，我的名字具有一定的含义。"你还会说，"我这样活着"。通过小说乃至文学，我们最想听到的声音，在这部小说里便可以倾听得到。

那么，请问你叫什么名字？

彼此成为彼此的传令者

金美晶（文学评论家）

赵海珍小说的一大特征是：即便是自我探索的叙事，也不只聚焦于自己的故事。她会把他人的故事和生活也记录下来，对他人的信任，而非自信，坚实地支撑着她的作品世界。《单纯的真心》即强调了这种信任。

然而，这部小说并不只是充满了对他人的善意或款待。就像我们实际生活中那样，小说中的人物在不经意间被动介入。那一瞬间不经意的介入，称不上是一种善念，只能说是一种恻隐之心。这近乎一种下意识的情感和行为反应，觉得如果我不伸出援手，这生命随时可能会消逝不见。但也正因如此，在法律和制度责任面前，他们显得无能为力，于是他们经常犹豫、矛盾、后悔，然后又重新下定决心。

这种并不坚实的介入，反而具有强大的力量。小说中的人物都被主流社会所疏远、排斥，每个人都经历过隐秘的创伤与痛苦。正因如此，他们才能敏锐地感知他人的伤痛，并且果断地伸出双手。因为他们现在伸出的双手，正是以前他们曾经被人握住的手。

读着《单纯的真心》，想起与之相对立的奥德修斯的故事。奥德修斯的故事被誉为人类史诗，是人类确认自身主体性的叙事原型。克服神的诅咒和妨碍，回到故乡的奥德修斯，可以说是人类奋斗的代名词。然而，我们要记住这一英雄人物在归乡过程中，是在打败了那些途中遇到的他者之后才获得了这一头衔。

相反，《单纯的真心》中的他者是"渗透在生活中"的存在，主人公和他人互相成为对方的传令者或证人。即便是决定性地修正主人公残酷的记忆，让其从另一角度思考的人，也是与其有所"牵扯"的他者，这些形象和个人英雄主义的世界有所不同。在这一作品世界里，"谁是主人公"这样的提问不再重要。深入思考奥德修斯的故事，以及这个世界的趋流性、正常性如何界定，又是怎样运作的话，会发现《单纯的真心》的世界有所不同，因此才更加美丽。

在这样一个虽然渴望温暖，真正站在温暖面前却又犹豫不决，即使听到真心的话语也无法轻易相信的时代，诞生了《单纯的真心》这一作品。虽然"我"连自己是谁都无法解释，但幸好有那些能证实"我"的他者，"我"自身才得到了证明。然而，"我"也会成为某个人生命里的证人。这既是小说中的故事，也是小说之外，我们所有人的故事。